내가 너를 향해 흔들리는 순간

내가 너를 향해
흔들리는 순간

이외수 사색상자

해냄

오늘 그대에게 전하고 싶은 말 한 마디

외로움이 지하에서도 꽃을 피우게 한다

기다리는 일은 사랑하는 일보다 힘들다지만

아침에 쓰는 일기

빈손을 위하여

오늘 그대에게 전하고 싶은 말 한 마디

사랑의 국가대표

온 생애를 바쳐서 사랑할 수 있는 대상은 부지기수지만
온 생애를 바쳐서 소유할 수 있는 대상은 하나도 없다는
사실을 부정하기는 어렵습니다.

하지만 내 마음이 우주와 같은 크기를 가지고 있다면 문제는 달라집니다. 아무리 멀리 떠난 사랑이라도 우주와 같은 크기의 마음 밖으로는 빠져나가지 못합니다. 당연히 그 안에 간직될 수밖에 없지요. 사랑은 소유할 수는 없지만 간직할 수는 있습니다.

우리가 살고 있는 세상에는 여러 가지 분야에서 특출한 재능을 가진 선수들이 있습니다.

우리는 그 선수들을 통해서 대리만족을 느끼기도 합니다.

그러나 아무리 특출한 재능을 가진 선수라도 주어진 기회를 모조리 승리로 장식할 수는 없습니다. 때로는 실패도 하고 때로는 좌절도 합니다.

축구에서 대리만족을 필요로 하는 사람들은 어떤 국가대표 선수가 국제경기에 출전해서 절호의 슈팅 찬스를 똥볼로 실축해 버리면 저 쉐이 눈깔에는 골문이 하늘에 떠 있는 걸로 보이나, 하고 욕설을 내뱉는 사람들도 적지는 않습니다. 대리만족에 대한 기대를 충족시켜 주지 못했다는 일종의 책임추궁이겠지요.

하지만 그 순간 자신의 마음이 어떤 크기를 가지고 있는가를 알지 못합니다.

경기에 무참하게 패배한 국가대표가 대리만족을 기대하는 사람들의 가슴에 남겨놓는 상처는 사랑에 무참하게 실패한 사람의 가슴에 남아 있는 상처와는 비교조차 할 수 없겠지요.

하지만 우리는 태어나면서부터 남녀노소를 불문하고 사랑의 국가대표로 선발되었습니다. 우리는 한평생 사랑을 하면서 살아야 하고 그 과정 속에서 때로는 타인이나 자신을 극도의 절망감에 빠뜨리는 경우가 비일비재합니다.

그러나 그것조차도 사랑의 일부는 아닐는지요.

출전을 할 때마다 승리가 보장되지도 않습니다. 슈팅을 할 때마다 골인이 보장되지도 않습니다. 그 사실을 잘 알고 있으면서도 우리는 패배하면 깊은 상처를 받습니다.

하지만 다음 경기가 우리를 기다리고 있다는 사실을 명심해야 합니다. 더 많은 날들이 우리를 기다리고 있다는 사실을 명심해야 합니다.

언제나 진실로 아름다운 사랑은 고통을 경험한 뒤에야 우리에게로 오는 법이지요. 힘을 내세요. 우주와 같은 크기의 가슴을 가지도록 노력해 보세요. 아직 많은 사랑의 후보자가 당신을 기다리고 있습니다.

사랑 만들기

안개꽃은 싸락눈을 연상시킵니다.

그대가 싸락눈 내리는 날 거리에서 고백도 하기 전에 작별한 사랑은
어느 날 해묵은 기억의 서랍을 떠나 이 세상 어딘가에 안개꽃으로
피어납니다.

아무리 방황해 보아도 겨울은 끝나지 않습니다.

불면 속에서 도시는 눈보라에 함몰하고 작별은 오래도록 아물지 않는
상처가 됩니다.

그러나 정말로 이 세상 모든 사랑이 꽃으로 피어난다면
그대가 싸락눈 내리는 날 거리에서 고백도 하기 전에 작별한 사랑은
아무래도 안개꽃으로 피어나게 되지 않을까요.

사랑은

사랑을 달콤하다고 표현하는 사람은 아직 사랑을 모르는 사람이다.

그대가 만약 누군가를 사랑한다면 자신을 백미터 선수에 비유하지 말고 마라톤 선수에 비유하라. 마라톤의 골인지점은 아주 멀리에 위치해 있다. 그러므로 초반부터 사력을 다해 달리는 어리석음을 삼가라. 그건 백미터 선수에 해당하는 제비족들이나 즐겨 쓰는 수법이다.

그러나 그대가 아무리 적절한 힘의 안배를 유지하면서 달려도 골인지점을 통과하기 전까지는 계속적으로 고통이 증대된다는 사실을 명심하라. 따라서 계속적으로 증대되는 고통을 감내하지 못한다면 아직은 선수로서의 기본정신이 결여되어 있는 수준임을 명심하라.

진정한 마라톤 선수는 달리는 도중에 절망하지 않는다. 사랑하는 사람의 절교선언이나 배신행위에 개의치 말라. 사랑은 그대 자신이 하는 것이다. 진정한 마라톤 선수는 발부리에 음료수 컵 따위가 채이거나 눈앞에 오르막 따위가 보인다고 기권을 선언하지 않는다. 그대도 완주하라.

그러나 마라톤에서의 골인지점은 정해져 있지만 사랑에서의 골인지점은 정해져 있지 않다. 경우에 따라서는 한평생을 달려도 골인지점에 도달하지 못할 수도 있다. 그렇다. 사랑은 그대의 한평생을 아무 조건 없이 희생하는 것이다. 그러기에는 자신의 인생이 너무 아깝고 억울하다면 역시 진정한 사랑을 탐내기에는 자격미달이다.

차라리 사랑을 탐내지 말고
사탕을 탐내도록 하라.

영원한 내 꺼

인간들은 누구나 소유욕을 가지고 있습니다.

그러나 어떤 대상을 완전무결한 자기소유로 삼는 방법을 알고 있는 사람은 극히 드물지요. 아예 그것을 불가능하다고 생각하는 사람들까지 있을 정도입니다. 이 세상에 영원한 내 꺼는 없어, 라는 말을 대부분이 진리처럼 받아들이면서 살고 있으니까요.

그러나 오늘 제가 어떤 대상이든지 영원한 내 꺼로 만드는 비결을 가르쳐드리겠습니다.

그 대상이 그대가 존재하는 현실 속에 함께 존재한다는 사실 하나만으로도 진심으로 감사하는 마음을 가져보세요. 진심으로 감사하는 마음을 가지는 순간 그 대상은 영원한 내 꺼로 등재됩니다. 비록 그것이 언젠가는 사라져버린다 하더라도 이미 그것은 그대의 영혼 속에 함유되어 있습니다.

다시 새로운 한 날이 시작되고 있습니다.

많은 것들을 소유하는 삶보다 많은 것들에 함유되는 삶이 되시기를 빌겠습니다.

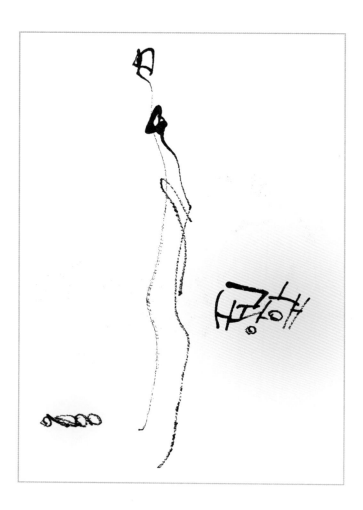

겨울사랑고백법

그대여.

새로 지급받은 일주일을 어떻게 삶아 먹을 것인가를 고민하지 말라. 겨울은 모든 생명체들이 속물근성을 버리고 동안거에 들어가는 계절이다.

그러나 인간들은 겨울에도 잡다한 욕망의 언어들을 거느리고 저잣거리를 배회한다.

보라. 나무들은 자신에게 붙어 있던 일체의 수식어들을 미련없이 떨쳐버리고 오로지 헐벗은 모습 하나로 묵상하는 법을 우리에게 가르친다.

그대여.

겨울은 담백한 계절이다. 감정에 양념을 처바르거나 조미료를 뿌리지 말라.

담백한 계절에는 담백하게 고백하라. 진심으로 당신을 사랑한다고.

다림질

그대가 자기 한 몸조차 주체하기 힘든 처지에 남을 비방하기

좋아하는 사람이라면 결코 평탄한 인생을 기대하지 말라. 그

대의 내면이 구겨져 있기 때문에 그대의 인생도 구겨져 있는

것이다. 그대의 구겨진 인생을 세탁소에 맡기지 말라. 자신

의 구겨진 인생은 자신의 양심으로 다림질하는 것이다.

잠들기 전에

춘천에 축복처럼 눈송이들이 쏟아져 내리고 있습니다.

도시의 풍경들이 흐린 영상으로 허물어지고 있습니다.

흐린 영상으로 허물어지는 풍경 속을 걸어서

정겨운 이름들이 건강한 모습으로 돌아오고 있는 모습

들이 보입니다.

꿈결같습니다.

목화는 일 년에 몇 번 꽃을 피울까

목화는 일년생식물이다.

그러나 일 년에 두 번 꽃을 피우는 식물로 알려져 있다.

한 번은 다른 식물처럼 열매를 맺기 위해 단아한 모습으로 피우는 꽃이고
다른 한 번은 열매가 터질 때 눈부신 솜털을 내비쳐서 피우는 꽃이다.
그러나 나는 목화가 일 년에 수십 번씩 꽃을 피우는 식물로 알고 있다.
목화가 피우는 꽃 중에서 가장 아름다운 꽃은
솜이불이 되어 피우는 사랑의 꽃이다.
두 가지 꽃은 모두 흰빛을 띄고 있지만
한 가지 꽃은 이불 속에 들어 있는 사람들의 가슴에 따라 그 빛깔이 달라진다.

추억은 언제나 슬프다

춘천교대 시절 옆구리가 써늘해서 여자가 곁에 있었으면 좋겠다는 생각이 절실하고도 절실하고도 절실했는데 어쩌다 여자가 생기면 돈이 없어서 다방이나 음식점은 들어가본 적이 별로 없었다. 어떤 여자든지 두 달을 넘기지 못하는 것이 상례였다.

헤어질 때 여자들의 한결같은 말,

"이젠 한정없이

걸을 자신이

없어졌어요."

하지만

한정없이 걷는 일이 얼마나 슬프고 아름다운데.

사랑의 자판기를 드릴까요

하나의 이름은 하나의 아픔이다.

꽃이라는 이름은 꽃이라는 이름의 아픔이요 강물이라는 이름은 강물이라는 이름의 아픔이다.

신체부위도 마찬가지다.

눈이라는 이름은 눈이라는 이름의 아픔이요 입술이라는 이름은 입술이라는 이름의 아픔이다.

극단적으로 생각하면 인간의 육신도 전체가 아픔의 공장이다. 태어날 때부터 숙명적으로 물려받은 오장육부. 사대육신. 이목구비들은 모조리 아픔을 만들어내는 기능을 가지고 있다. 육체적인 아픔뿐만이 아니다. 정신을 가지고 있으니 정신의 아픔을 피할 수 없고 영혼을 가지고 있으니 영혼의 아픔을 피할 수 없다. 그래서 부처님은 일찍이 인생은 한 마디로 고(苦)라고 설파하셨다. 인생은 못 먹어도 고요 먹어도 고다.

그러나 세상의 모든 아픔은 내 마음의 부조화에 그 근거를 두고 있다. 내 마음이 오장육부. 사대육신. 이목구비들과 조화하지 못할 때 아픔이 드러난다.

내 마음이 꽃이라는 이름과 조화할 수 없을 때 꽃은 꽃이라는 이름의 아픔이 되고 내 마음이 강물과 조화할 수 없을 때 강물은 강물이라는 이름의 아픔이 된다. 사랑도 마찬가지다. 내 마음이 사랑과 조화할 수 없을 때 사랑은 사랑이라는 이름의 아픔이 된다.

　　그대가 만약 한 사람을 소유하고 싶다면 그 사람과 마음으로 조화하는 방법부터 터득하라. 그대가 만약 만천하를 소유하고 싶다면 만천하와 마음으로 조화하는 방법부터 터득하라. 그리고 희생이 조화의 지름길임을 명심하고 기꺼이 희생을 꿈꾸는 인간이 되라.

그대 집 마당에도 우담바라가 피었습니다

식물학에서는 우담화(優曇華)를 말합니다. 뽕나무과의 무화과 속에 딸린 식물이지요. 우담바라는 범어의 udumbara에서 취해진 발음입니다. 인도나 실론에서 자생하는데 꽃이 무화과처럼 은두화서(隱頭花序) 속에 숨어 있으므로 겉으로는 보이지 않습니다. 인도에서는 보리수와 더불어 신성한 나무로 취급되고 있습니다.

그러나 불교에서는 전륜성왕(轉輪聖王)이 나타날 때 피는 꽃으로 삼천 년에 한 번씩 개화한다는 설을 가지고 있습니다. 전륜성왕은 몸에 삼십이상(三十二相)을 갖추고 즉위할 때에 하늘로부터 윤보를 감득하여 천하를 위복치화한다는 왕입니다. 감득하는 윤보에 따라 금륜성왕. 은륜성왕. 동륜성왕. 철륜성왕으로 불리워집니다. 당연히 불교에서 말하는 우담바라의 실물표본이나 실물사진은 없습니다. 전설적인 꽃이니까요.

그러나 세상 가득 우담바라가 피어 있는데 혹시 우리가 보지 못하고 있는 것은 아닐까요.

백여 년 전부터 영국의 식물학자들은 소나무를 탐탁지 않게 생각하고 있었습니다. 다른 나무에 비해 목질이 무르고 동체가 구불구불해서 건축용이나 가구용 자재로 적당치 않으며 고작 땔감으로나 유용하게 쓰일 뿐이라는 이유에서였지요. 더구나 연료문제가 근대화되면서 소나무는 망국의 나무라는 평가까지 내려지게 되었습니다. 영국 정부는 소나무를 제

거해 버리고 그 자리에 실용성이 뛰어난 나무들을 심는 정책을 채택하기
에 이르렀고 소나무는 설 자리를 잃어 버리는 신세로 전락해버리고 말았
습니다.

그러나 한국 사람들에게는 소나무가 절개와 의지의 표상이었습니다.
예로부터 지금까지 한국의 시인묵객들은 소나무를 소재로 수많은 시와
그림들을 양산해 내었지요. 이는 한국 사람들이 소나무의 실용성보다는
상징성을 더 높이 평가하는 정서를 가지고 있음을 의미합니다. 소나무의
천적인 솔잎혹파리가 기승을 부리면 관계기관에 초비상이 걸리는 이유
가 송이나 땔감 때문이 아니라는 사실을 한국 사람들에게는 굳이 설명할
필요가 없겠지요.

형이하학적인 인간들은 사물을 경제적인 잣대로 가늠하기를 좋아하
고 형이상학적인 인간들은 사물을 예술적인 잣대로 가늠하기를 좋아합
니다. 물론 어느 한쪽만이 인생을 행복하게 만들어주지는 않습니다. 당
연히 양쪽을 균형 있게 조화시키는 방법이 가장 이상적이겠지요. 한국
사람들이 아직도 소나무를 경제적인 잣대로만 가늠하지 않는다는 사실
은 얼마나 다행스러운 일인지요.

소나무 밑에는 잡초나 잡목이 자라지 않습니다. 소나무 밑에서 흙을
퍼다가 화분에 담고 다른 식물을 키우면 거의가 말라 죽습니다. 그러나

송이만은 살아남을 수가 있지요. 송이가 소나무의 향기를 그대로 간직하고 있다는 사실이 무엇을 의미하는지를 깨달을 때 그대의 눈에는 세상에 존재하는 모든 식물들이 우담바라로 보일지도 모릅니다.

님이 없는 세상

동방예의지국으로 알려져 있는 대한민국의 언어에는
존칭을 나타내는 접미사가 유별나게 많지요.
그중에서 가장 일반적으로 쓰이는 접미사가 님입니다.

그러나 자신을 높게 평가하고 타인을 낮게 평가할 때는
존칭을 빼버리게 됩니다.

특히 영혼이 숙성되지 않은 종교인들은
자신이 믿는 종교는 무조건 정교로 신봉하고
타인이 믿는 종교는 무조건 사교로 배척하는 어리석음을 범하기 십
상입니다. 이는 만종교의 근본이 사랑과 자비라는 사실조차 모르는 소
치가 아닐까요.

존칭은 타인을 인정하고 높여주는 마음의 부산물입니다.
우리 모두 목사님께도 스님께도 님자 붙여줍시다요.

만약 님이라는 존칭이 세상에서 사라져버린다면
어떤 현상이 일어날까요.

하나님은 하나가 되고

아버님은 아버가 되고

어머님은 어머가 되겠지만

무엇보다도 이 세상에 님이 없다면
　　　　그 대　간 절 한　사 랑 은　어 찌 하 실　건 가 요 .

비가 내리는 이유

가뜩이나 외로운
          그대 가슴 적시려고.

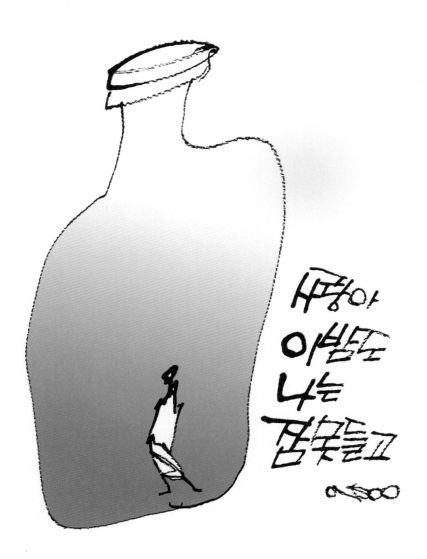

오늘 그대에게 전하고 싶은 말 한 마디

어두운 밤거리의

가로등은

자신의 모습을 비추기 위해 거기 홀로 서 있는 것이 아니다.

기다가 줄어들게는
하늘 구멍만
ASII

해마다 겨울이면 춘천을 떠도는 노래

삼악산 왼쪽 하단 불 켜져 있는 집에서 제가 밤새고 있겠나이다.

들여다보시는 도중 불현듯 불빛이 한번 흔들린다면

그리운 사람들에게 엽서라도 씁시다. 이제는 겨울이라고.

도요지(陶窯址)에서 보내는 편지

며칠간 하늘이 흐려 있었다. 오래전에 장마가 도래한다는 예보가 있었다. 하지만 아무리 기다려도 비는 내리지 않았다. 여기는 자성의 유배지. 내가 언어의 가마에서 구워낸 도자기들은 언제나 깨져 있거나 일그러져 있었다.

이따금 광장에 나가보면 국적불명의 검투사들이 불투명한 존재의 거울 속에서 유령처럼 나타나 창검을 휘두르는 모습도 보였다. 시간은 암회색으로 질식해 있었고 도처에 언어의 파편들이 피를 흘리며 유기되어 있었다.

일시무시일(一始無始一)
일종무종일(一終無終一)

존재한다 하여도 그러하고 소멸한다 하여도 그러하거늘, 내 어찌 타인의 고통으로 만들어진 장신구로 자신의 명예를 치장하랴. 나는 지겹도록 반복되는 세속의 고문에 아직 회유되지는 않았다.

멀어질수록 깊어지는 인간으로부터의 그리움 속에서 오늘도 기쁜 일만 그대에게.

외로움이 지하에서도 꽃을 피우게 한다

남의 물건을 훔치고 싶은 분들을 위하여

견물생심은 인간들이 공통적으로 가지고 있는 심리적 현상입니다.

그러나 억제능력에는 개인적인 차이가 있습니다.

여러 가지 원인이 있겠습니다만 만약 그대가 그 사실을 스스로 자각하여 근심하고 있다면 개선되어질 가능성은 아주 많습니다.

좀도둑의 기질을 가지고 있는 그대를 큰도둑으로 키우시면 됩니다.

큰도둑은 남이 가지고 있는 물건을 훔치는 것이 아니라
남이 가지고 있는 마음을 훔칩니다. 남이 가지고 있는 마음이 아름다울수록 집요하게 탐을 내는 습성을 기르시면 됩니다.

그러다 보면 나중에는 우주까지를 훔칠 수 있게 됩니다.

그대가 부디 전무후무한 큰도둑으로 성공하시는 날을 기다리겠습니다.

감기에게

그래 너도 외로움에 치를 떨면서 나하고 새벽까지 버티어보자.

활자의 마술

문학 속에 동원된 활자들은 감성을 가진 생물체입니다.

그대의 감성에 따라 각기 다른 형상으로 자신을 변모시키지요.

뿐만 아니라 그대의 예술적 성숙도에 따라 자신들의 품격을 높이기도
하고 낮추기도 하지요. 그대가 나이를 먹으면 활자도 나이를 먹습니다.

때로는 그대의 의식 속에 전이되어 전후좌우로 위치를 바꾸어 나타나
기도 하고 사라지기도 합니다.

그러나 같은 책을

　　한 번만 읽고 다 읽었다고

　　　생각하시는 분은

　　　　활자의 마술을

　　　　　체험할 수가 없습니다.

소설의 상징성

날개를 가진 새를 하늘로 날려 보냄은

이 세상을 피하거나 이 세상을 버리도록 만들기 위해서가 아니라

본성대로 이 세상을 더욱 넓고 크게 보고

사랑하며 살도록 만들기 위함입니다.

독서의 무용성에 대하여

　자신의 소화기능이 불량하다는 사실을 모르는 독자들은 대문호들에 의해 쓰여진 불후의 명작을 몇 번씩이나 읽어본다고 하더라도 아무런 영양소를 공급받지 못하는 특질을 가지고 있습니다.

　그런 독자들은 대개 자신의 무용성은 생각해 보지도 않고 독서의 무용성만을 역설하는 어리석음을 조금도 부끄러워하지 않지요. 때로는 그 사실을 무슨 긍지인 양 생각하는 경우까지 있습니다. 그러나 그런 분들도 언젠가는 느끼게 되겠지요. 자신이 얼마나 고독한 존재로 이 세상을 살아가고 있는가를.

그래, 이게 바로 진짜 도둑질이야

세상에는 도둑놈들이 너무 많이 살고 있다.
도둑놈들을 부러워하는 도둑놈들도 부지기수다.

도둑놈들이 도둑놈들을 만들고 도둑놈들이 도둑놈들을 만든다. 도둑놈들이 도둑놈들을 만들고 도둑놈들이 도둑놈들을 만드는 무궁화 삼천리 화려 강산.

도둑놈들이 도둑놈들을 만드는 무궁화 삼천리 화려 강산에서 내 어찌 도둑놈이 되지 않을 수 있으랴. 그러나 금은보화 부귀영화는 어릴 때부터 마음이 끌리지 않았으니 보라 눈 한번 깜짝 하는 사이 우주를 통째로 훔치는 도둑질. 내가 소매 끝을 털고 있어도 누가 무엇을 잃었다고 하는가.

새벽

만물 중에는 나보다 더 조화로운 것이 많다.

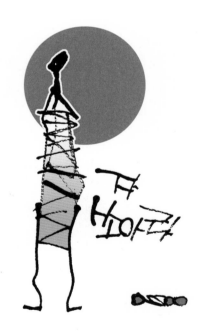

안개의 죽음

　요즘은 춘천에도 안개가 자주 출몰합니다.

　하지만 춘천의 안개도 예전의 안개가 아니랍니다. 어느 교수님이 텔레비전에 출연해서 안개를 채취한 시험관을 보여주는데 새까만 액체였습니다. 대기중에 떠도는 유독성 물질들이 안개와 결합해서 그런 상태가 되었다는 설명과 함께 안개가 짙은 날은 가급적이면 외출을 삼가라는 당부까지 덧붙이고 있었습니다. 이제 춘천의 안개도 낭만이 아니라 낙망이 되어버리고 말았습니다.

　춘천의 안개가 그 정도라면 다른 도시의 안개는 두말할 나위가 없겠지요. 언젠가는 안개가 우리를 살해할 날이 올지도 모릅니다.

　안 개 의　죽 음 이　곧　인 간 의　죽 음 이　되 겠 지 요 .

그대가 진실로 사랑에 성공하고 싶다면

새로 지급 받은 새해를 한 달 가까이나 허망하게 소모해 버렸습니다. 오늘쯤은 바깥으로 나가 춘천의 겨울풍경이라도 둘러보고 싶은 심경입니다. 그러나 집필중. 외출을 하면 글쓰기의 리듬이 여지없이 끊어져버리고 맙니다.

오십여 년을 살아오면서 오십여 번의 새해를 거쳤습니다. 그러나 세상은 새해가 되어도 특별히 달라진 적이 한 번도 없었습니다.

세상에는 아직도 다리가 부러진 제비들이 도처에서 고통스럽게 날개를 푸득거리고 있습니다. 그러나 다리가 부러진 제비는 거들떠본 적도 없으면서 자기에게 제비가 박씨를 물고 오는 날을 학수고대하는 사람들이 부지기수입니다. 때로는 자신의 욕망 때문에 고의적으로 제비의 다리를 분질러버리는 만행도 서슴지 않습니다.

젊은 날 자신이 간직하고 있던 부정적 요소들을 버리기 위해 부단히 노력하지 않는 사람은 늙어서 세상을 불평할 자격조차 없는 사람입니다. 그런 사람들은 대개 자기 목숨 하나 치다꺼리하기에도 벅찬 인생을 살아가지요. 당연히 남을 사랑할 자격조차도 없는 사람입니다.

동물은 먹이를 사냥하기 위해 전력질주하는 모습이 가장 아름다워 보이고 인간은 타인을 사랑하기 위해 자신을 희생하는 모습이 가장 아름다워 보이는 법이지요. 그대가 만약 동물적인 사랑에 성공하고 싶다면 먹이를 사냥하기 위해 전력질주하는 모습을 보여주시고 그대가 만약 인간적인 사랑에 성공하고 싶다면 타인을 위해 자신을 희생하는 모습을 보여주시기 바랍니다.

어떤 경우에도 아름답지 않은 것들은 사랑받지 못합니다. 그래서 대개의 동물들은 구애를 할 때 자신의 몸을 혼인색으로 치장합니다. 그러나 몸을 혼인색으로 치장해서 얻어낸 사랑은 거의가 일시적인 사랑으로 끝나버리는 경우가 많습니다. 영속적인 사랑은 필연적으로 내면에 아름다움을 갖추고 있어야 합니다.

하지만 그러한 사실을 알고 있으면서도 실천하지 못하는 사람들이 많지요. 가슴으로 살지 않고 머리로 사는 법에 익숙해 있기 때문입니다.

여기 천상병 선생님의 법문 하나를 올해의 일용할 양식으로 추천합니다. 법문은 오래 씹으실수록 내면이 아름다워진다는 사실을 유념해 주시기 바랍니다.

요놈,
요놈,

　요 이쁜 놈.

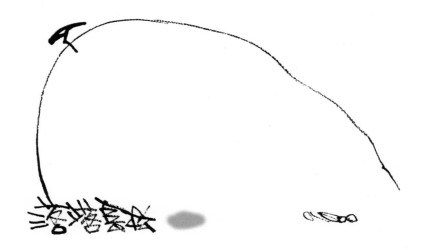

달마가 동쪽에서 온 까닭은

그 대 손 목 한 번 잡 아 보 고 싶 어 서 .

닮아는 가끄

남성마

낚아가나

봄밤의 회상

밤 새도록 산문시 같은 빗소리를
한 페이지씩 넘기다가 새벽녘에
문득 봄이 떠나가고 있음을 깨달았네.
내 생애 언제 한 번
꿀벌들 날개짓소리 어지러운 햇빛 아래서
함박웃음 가득 베어물고
기념사진 한 장이라도 찍어본 적이 있었던가.
돌이켜보면 내 인생의 풍경들은 언제나 흐림.
젊은날 만개한 벚꽃같이 눈부시던 사랑도 끝내는
종식되고 말았네.
모든 기다림 끝에 푸르른 산들이 허물어지고
온 세상을 절망으로 범람하는 황사바람
그래도 나는 언제나 펄럭거리고 있었네.
이제는 이마 위로 탄식처럼 깊어지는 주름살
한 사발 막걸리에도 휘청거리는 내리막
어허, 아무리 생각해도 알 수가 없네.
별로 기대할 추억조차 없는 나날 속에서
올해도 속절없이 봄은 떠나가는데

무슨 이유로 아직도 나는
밤 새도록 혼자 펄럭거리고 있는지를.

아뿔싸

부처가 나타나면 부처를 쳐죽이고
조사가 나타나면 조사를 쳐죽이다가

아　　뿔　　싸

아직 나를 쳐죽이지 못했음을 알게 되었네.

외로움이 지하에서도 꽃을 피우게 한다

생애의 대부분을 지하에서 보낸다.

지하에서 꿈을 꾸고 지하에서 꽃을 피운다.

얼마나 외로울까.

실제로 존재하는 식물이다.

유령난초라는 이름을 가지고 있다.

날마다 하늘이 열리나니

팔이 안으로만 굽는다 하여

어찌 등 뒤에 있는 그대를 껴안을 수 없으랴.

내 한 몸 돌아서면 충분한 것을.

예습과 복습

살다 보면
누구나 본의 아니게 잘못을 저지르는 수가 있지요.
그러나 타인들 앞에서 잘못을 스스로 인정하고서도
똑같은 잘못을 계속적으로 반복하는 사람은
위선의 껍질을 벗어날 수가 없습니다.

타인이 자신의 잘못을 두둔하면
우호적인 소행으로 받아들이고
자신의 잘못을 힐난하면
배타적인 소행으로 받아들이는 사람이
어찌 도를 공부한다고 자부할 수가 있겠습니까.

도를 빙자하는 일에는 부지런하고
도를 실천하는 일에는 게으르다면
자신조차 주체하기 어려운 사람으로 전락하기 십상이니
대저 누구를 가르치고 누구를 구제하겠습니까.
잘못을 두둔하는 일만이 애정은 아닙니다.
때로는 잘못을 힐난하는 일이 더 깊은 애정일 수도 있습니다.

곤충들에게는
자신의 몸이 각질로 화해서 고립되는
번데기의 과정이 가장 고통스럽지요.
그러나 번데기의 과정을 거치지 않는 무시형 곤충들은
날개를 가질 수가 없습니다.
날개를 가진 벼룩이나
날개를 가진 빈대를 보신 적이 있으신지요.
날개가 없는 무시형 곤충들은 대개
다른 동물들이 힘들게 마련한 먹이를 훔치거나
약한 동물을 집단으로 공격하거나
다른 동물들에게 기생해서 살아가는 특성을 가지고 있습니다.

인간도 예외는 아닙니다.
고립과 고통이라는 통과의례를 거치지 않고서는
아무도 마음의 날개를 가질 수가 없습니다.
마음의 날개를 가지고 있지 않은 인간들은
대부분이 무시형 곤충과 흡사한 삶을 살아갑니다.

그런데 한 분은
자신의 장기들을 모두 남에게 기증하시고
죽기 전에 물에 빠지거나 불에 타서
장기들이 쓸모없게 되어버리는 불상사가 일어나지 않기를
빌고 있습니다.
무슨 말이 필요하겠습니까.

저는 아직도 부질없이 날밤이나 새우며 살아가는
원고지 기생충.
살신성인하는 마음에
진심으로 경의를 표하면서
날마다 장대 끝에서 한 걸음 더 나가는 일을
예습하고 복습하면서 살아야겠다는 각오를 다집니다.

겨울 예감

선잠결에 불현듯 갈비뼈 밑으로

싸늘하게 스쳐가는 바람 한 자락

착 각 이 었 나.

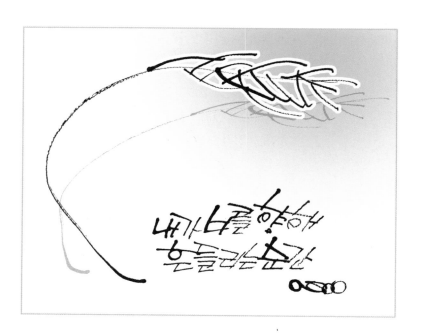

시월의 마지막 밤에

탄 식 처 럼   떨 어 지 는

놀 빛   시 간 의   떡 잎   한   장 .

초겨울

달마가

비수 하나를 품고

인적 없는

길목에

잠복해

있다.

푸슈킨에게

삶이 그대를 속일지라도
슬퍼하거나 노하지 말라.

―푸슈킨의 「삶」 중에서

당신의 자비로운 시 때문에
대부분의 젊은이들은 삶이 자기를 속이는 줄로 알면서 살아간다.
그러나 나이들어 육신의 눈을 버리고 마음의 눈을 열게 되면
비로소 자기가 삶을 속이면서 살아왔음을 알게 된다.
그때야 비로소 당신의 시가 얼마나 아름다운 홑이불로 자신을
감싸주고 있었던가를 더욱 절실하게 깨닫게 된다.

꽃에 대한 보고서

코스모스는 같은 땅 같은 하늘 아래 같은 꽃이름으로 피어서 어떤 꽃
은 빨간색으로 흔들리고 어떤 꽃은 하얀색으로 흔들리고 어떤 꽃은 분홍
색으로 흔들립니다.

세 상 을   좀 더   아 름 답 게   보 시 라 는   뜻 이 겠 지 요 .

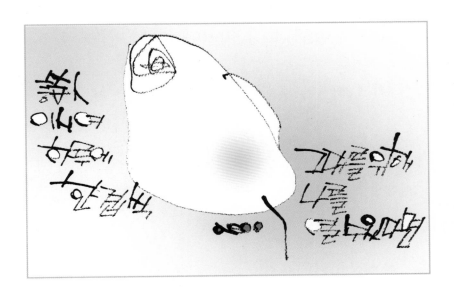

한꺼번에 모두 알고 싶으신가요

원효처럼 타는 갈증이 있어야 해골에 담긴 물을 마실 수가 있습니다.

그러나 타는 갈증이 있다고 하더라도

사물의 형상이 육안으로 분별되는 대낮이었다면

과연 원효가 해골에 담긴 물을 마실 수가 있었을까요.

아직 꽃잎이 가지 끝에 화사하게 남아 있는데

어찌 열매가 열리겠습니까.

76

어떤 비유

간혹 어떤 사람들은 골키퍼를 보고

저 넘이 왜 남들처럼 공격은 하지 않고

혼자서 골문만 지키고 있느냐고 투덜거린다.

이런 사람들은 대개 자신이

누구보다 스포츠를 잘 알고 있다는 망상을 버리지 않는다.

때로는 자신의 무지를 무기로 착각하는 경우도 있다.

그래서 수시로 주위 사람들을 민망스럽게 만든다.

특 히   예 술 에   대 해 서 는   말 해   무 삼 하 리 오 .

기다리는 일은 사랑하는 일보다 힘들다지만

나는 자판을 두드리고 있다

겨울이 깊어가고 있다. 나는 자판을 두드리고 있다. 새벽이다. 시간이 결빙되고 있다. 겨울은 외로울수록 잔인해지는 계절이다. 자판을 두드리다가 참혹한 심경에 처하면 메일박스를 연다.

나쁜 시키들.

언제나 메일박스 속에는 포르노 사이트 광고들만 즐비하게 내장되어 있다. 모조리 삭제해 버리고 메일박스를 닫는다.

커서가 끊임없이 딸꾹질을 하고 있다. 바람이 보낸 자객 하나가 시퍼런 비수로 내 손등을 난도질한다. 방 안의 사물들이 진저리를 치고 있다. 그래도 나는 자판을 두드린다.

자판을 두드릴 때마다 글자들이 모니터에 파종된다. 컴퓨터라는 파종기는 냉정하다. 자판을 두드린다고 자판을 두드리면 자판을 두드린다는 글자들이 파종된다.

그러나 파종된 글자들이 모두 발아하지는 않는다. 나중에 점검해 보면 대부분이 사어(死語)들이다. 더러 싹이 돋아난 생어(生語)들이 있다고 하더라도 재배가 수월한 것이 아니다. 뼈를 깎아 거름을 대신하고 피를 뽑아 급수를 대신해도 꽃이 피지 않거나 열매가 열리지 않는 경우가 있다. 이따금 외부로부터 세속적인 기운들이 병충해를 몰고 오는 경우도 있다.

때로는 작가적 양심 때문에 일 년 동안 피눈물로 재배한 글자들을 모

전쟁을 하서 이기는 것보다
나는 평화를 누림이
있는 까닭

조리 갈아 엎어야 하는 비극도 초래된다. 이럴 때는 건강이 나빠져서 예전처럼 무박삼일 동안 술을 퍼마시고 스트레스를 왕창 풀어버리지 못하는 신세가 한스럽다.

그래서 나는 오로지 혼신의 힘을 다해 자판만 두드린다. 세상만물을 사랑하면서 살자고 자판을 두드리면 세상만물을 사랑하면서 살자는 글자들이 파종된다.

하지만 사랑도 마찬가지다. 파종하는 일은 별로 어렵지 않다. 꽃이 피고 열매가 열릴 때까지 사랑을 재배하는 일이 어려울 뿐이다.

그 옛날 내 더러운 고무신을
깨끗이 씻어주었던 소년에게

　그 친구 화실에 가면 볼펜으로 그린 정밀화들 몇 점이 액자도 없이 벽에 붙어 있었네. 그렇지. 켄트 사절지에 여자의 누드를 크로키한 그림도 몇 점. 그 친구는 너무 외로움을 많이 탔지. 그래서 여자를 자주 그렸어. 유화는 별로 눈에 띄지 않았지. 그 친구는 너무 가난해서 유화물감을 살 돈이 없었거든.

　나는 봉산동에 있는 한 학원에서 입시생들에게 국어를 가르치고 있었지. 엉터리였어. 참고서도 엉터리였고 나도 엉터리였어. 망할 놈의 세월이었어.

　그래, 그 시절에는 소주도 참 많이 마셨지. 그 친구 화실에서 그림을 배우는 소년의 집에도 갔었어. 가서 소주를 마시기도 했었지. 아마 빌어먹을 세상을 욕하면서 마셨을 거야. 고통스러운 예술을 찬양하면서 마셨을 거야.

　하지만 세월이 너무 많이 흘렀어. 안타깝게도 이제 얼굴은 기억나지를 않네. 그래도 그때의 순수하고 질박하던 마음은 어렴풋이라도 내 흐린 기억의 서랍 속에 남아 있다네. 언제쯤 격외선당에 오실 수 있으신지.

장가를 가셨다면 가족들하고 같이 오셔도 좋다네. 토요일이나 일요일에는 나도 쉬니까 부디 한번 다녀가시게. 이번에는 내가 그대 구두를 닦아 드리고 싶네.

담배에 불을 붙이며

종일토록 하늘이 무거운 회색으로 낮게 내려앉아 있었다. 젊었을 때는 이런 날씨가 좋았다. 그러나 지금은 괴롭다. 신경통 때문이다. 여름이 문을 닫을 때쯤 일제히 사라져버린 매미들이 어느새 내 깡마른 뼛속으로 들어와 시끄럽게 울고 있다. 차라리 비라도 내렸으면 좋겠다.

하지만 한 번 더 비 내리면 기온은 급격히 떨어지고
그러면 겨울.

겨울은 언제나 쓰라리다.

아직도 피로가 풀리지 않는다. 자판만 보면 숨이 막힌다. 며칠째 한 줄의 글도 쓰지 못했다. 『괴물』을 쓰고 나서 생긴 금단현상이다.

잠이라도 푹 자두어야 하는데 습관 때문에 잠이 오지 않는다. 뭘 하면서 날밤을 새우나. 술을 마시자니 깬 다음에 며칠씩 방바닥을 긁을 일이 걱정이고, 에라, 또 담배나 한 대 붙여 무는 수밖에.

내가 담뱃불을 붙일 때마다 그대에게 기쁜 일이 한 가지씩 생긴다면.

주말에는 그대에게

아까부터 창 밖에서 새들이 맑은 소리로 재잘거리고 있습니다. 햇빛 속에서 잘디잔 유리조각들이 부딪히는 소리 같습니다. 하지만 아직도 하늘은 회색입니다. 아침을 불러오는 일은 저놈들에게 맡기고 저는 이제 잠들어야 합니다. 그런데 좀처럼 잠이 오지 않습니다.

제가 글을 쓰지 않으면 제 소유의 시간들은 모두 절멸해 버립니다. 어느새 토요일입니다. 일주일을 어디다 통째로 분실해 버렸는지 기억이 모호합니다. 배금주의자들은 시간은 돈이다 라는 격언을 신봉하지만 제가 생각하기에는 별로 적확한 표현이 아닌 것 같습니다. 누군가 분실한 돈을 습득해서 요긴하게 쓸 수는 있어도 누군가 분실한 시간을 습득해서 요긴하게 쓸 수는 없습니다. 시간은 분실하는 순간부터 문자 그대로 말짱 꽝입니다. 그런데도 시간이 돈이라니 천부당만부당한 말씀입니다.

올해는 가을이 춘천에 얼마나 오래 머물러 있을까요.

춘천은 가을이 가장 빨리 당도해서 가장 빨리 떠나버립니다.

자판을 두드리는 사이 새들이 어디로 가버렸는지 창 밖이 매우 조용합니다. 저는 지금부터 눈을 좀 붙여야겠습니다.

목이건 꽃들
모두 가슴에 피네

추억컨대 저에게도

뚫어진 양말을 제 손으로 꿰매 신던 시절이 있었답니다.
뜨개질도 배운 적이 있는데 어떤 것을 끝까지 떠본 기억은 없습니다.
남자는 뜨개질을 할 때나 바느질을 할 때
다소 궁상스러움을 드러내 보이지만
여자는 바느질을 할 때나 뜨개질을 할 때
각별한 아름다움을 드러내 보입니다.
오늘날 여자들이 뜨개질을 할 기회나 바느질을 할 기회가 줄어들었다
는 사실은

자신의 각별한 아름다움을 드러낼 기회가 줄어들었다는 사실과 동일
하지요.

하지만 우리 주위에는 아직도 예외적인 분들이 많으십니다.

그토록 작은 미물조차도

개미는 먹이를 발견하면 절대로 그 자리에서 먹어치우는 법이 없습니다. 자신의 능력을 최대한 발휘해서 집으로 끌고 갑니다. 동료들과 나누어 먹기 위해서지요. 아무리 하찮은 미물이라도 인간으로 살아가고 있다는 사실을 부끄럽게 만들 때가 참으로 많습니다. 내 마음 바깥에 존재하는 모든 것들이 바로 내 인생을 아름답게 만들어주는 스승이지요.

기온이 급격히 떨어져버렸습니다.

요즘은 아침에 눈을 뜨면

언제나 방바닥에 겨울예감이 한 사발씩 엎질러져 있습니다.

그리울 때마다 한 줄씩 쓰겠습니다.

서촌(書村)에서 보내는 치필엽신(痴筆葉信)

　　내가 살고 있는 서촌에는 이따금 갈증을 해소하기 위해 호랑이가 계곡으로 내려옵니다. 이때 세상 전체를 자신들이 장악하고 있다는 착각에 빠져 있던 하루살이가 떼를 지어 호랑이에게 맹공을 가하지요. 그래도 호랑이는 하루살이를 반격하기 위해 이빨이나 발톱을 드러내지 않습니다. 하루살이가 무섭기 때문이 아니라 하루살이가 안중에도 없기 때문입니다. 그러나 하루살이는 자기들이 호랑이보다 위대하다는 과대망상을 버리지 않습니다. 자신들에게는 내일이 없다는 사실조차도 모릅니다. 분별력이 없는 동물들은 그러한 하루살이들에게 존경과 찬탄을 금치 못하는 경우도 있습니다.

　　내가 살고 있는 서촌에는 이따금 둔감한 이론의 칼날로 성공한 작가나 작품을 난도질함으로써 자신이 위대한 존재임을 남에게 부각시키려는 욕구에 사로잡혀 있는 변사들이 출몰합니다. 대개 그들은 자신이 열등한 존재라는 사실을 모르고 있거나 자신이 열등한 존재라는 사실을 위장하고 있지요. 그러나 명성을 얻은 사람을 공격함으로써 자신의 열등감을 우월성으로 위장하는 인격체보다 자신의 열등감을 자인하고 그것을 정진의 발판으로 삼는 인격체가 훨씬 세상을 아름답게 만듭니다.

물론 하루살이의 자기도취와 과대망상도 나름대로의 존재가치는 있겠지요. 호랑이는 죽어서 가죽을 남깁니다. 그러나 하루살이는 죽어서 무엇을 남기나요. 하루살이가 과연 가죽이 무엇인지를 알 수가 있을까요.

당신도 일기를 써보신 기억이 있으신가요

나는 태어나서 지금까지 자발적으로 일기를 써본 기억이 없다. 그러나 타의에 의해서 일기를 써본 기억은 있다.

국민학교 때였다. 몇 학년 때였는지 정확하게 기억되지는 않는다. 아마 저학년 때였을 것이다. 담임선생은 다소 과장해서 말하자면 일기쓰기를 민족의 사명으로 생각하는 정신질환을 앓고 있었다. 학기초에 일기쓰기를 아예 고정숙제로 공표했을 정도였다. 그리고 수업을 시작하기 전 반드시 일기장부터 검사했다. 일기를 쓰지 않은 아이들은 사정없이 회초리로 종아리를 때리는 증세도 수반하고 있었다. 치료를 받지 않고 교장이 된다면 어느 학교를 가든지 교훈을 일기쓰기로 정하고 전교생의 종아리를 위협할 가능성을 내포하고 있었다.

나도 회초리가 무서워 날마다 일기를 써야 했다. 회초리는 싸리가지로 만든 가내수공품으로 보기만 해도 간담이 서늘해지는 교육용 흉기의 일종이었다. 하지만 나는 일상의 어떤 부분도 타인에게 공개하고 싶지 않았다. 지독한 수치심 때문이었다. 나는 일기를 쓸 때마다 담임선생이 폐병에 걸려 학교에 나오지 않게 되기를 간절히 빌었다. 당시 나는 폐병이 세상에서 가장 무서운 불치병인 줄 알고 있었다. 그러나 담임선생은 날마다 건재했다.

그때 나는 골무산 밑에 웅크리고 있는 초가움막에서 할머니와 단 둘

이 살고 있었다. 금방이라도 폭삭 무너져버릴 듯이 보이는 초가움막이었다. 몇 년간 흉년이 계속되고 있었다. 내 일기는 날마다 똑같은 내용으로 짧막하게 쓰여질 수밖에 없었다. 담임선생이 가장 싫어하는 형태였다. 다른 아이들이 그런 식으로 일기를 쓰면 어김없이 회초리 세례를 받아야 했다. 그러나 나만은 예외였다. 담임선생은 내 일기를 건성으로 훑어보고는 슬그머니 다음 자리로 옮겨가기 일쑤였다. 나는 어리석게도 날마다 운이 좋아서 회초리를 모면하는 줄로만 알고 있었다. 그러나 지금 생각해 보니 절대로 운이 좋아서가 아니었다. 나는 아직도 그때의 일기를 대충은 기억해 낼 수 있다.

학교서 도라와 할머니하고 동양(냥)어더서 밥묵고 숙제하고 밤이 와서 아버지가 보고시퍼슴니다. 끝.

저도 혹시 가짜가 아닐까요

저는 광학현미경 하나를 가지고 있습니다. 제법 쓸 만한 성능을 보유하고 있는 현미경이지요. 저는 이 현미경의 대안렌즈에 모든 시신경을 집요하게 고착시키고 소우주를 탐닉하는 일로 많은 시간을 연소시킨 적이 있습니다. 저는 놀랍게도 천체망원경을 통해서 체험했던 대우주가 광학현미경을 통해서 체험했던 소우주와 일맥상통한다는 사실을 깨달았습니다. 저는 거기서 시공의 해체를 경험했습니다. 그 순간 저는 마치 오래도록 탐구하던 화두를 일시에 격파해 버린 느낌이었습니다.

그러나 대부분의 인간들은 수평적 사고영역을 벗어나지 못하는 속성에 길들여져 있습니다. 그리고 안타깝게도 논리적으로나 과학적으로 입증되지 않는 사실에 대해서는 비교적 인색한 신뢰감을 나타내 보입니다. 따라서 제가 현미경이나 망원경을 통해서 체득한 시공의 해체를 액면 그대로 받아들이지 않습니다. 그러나 진리는 결코 언어로 표현되어질 수 없는 특성을 간직하고 있습니다. 그래서 선각자들이 진리에 접근하고 싶다면 문(文)이 난(難)하고 체(體)가 이(利)하다는 사실을 명심하라는 충언을 남겼는지도 모릅니다.

여기서 말하는 문(文)은 문자(文字)와 결부된 공부를 의미하지만, 체(體)가 육체(肉體)와 결부된 공부를 의미하지는 않습니다. 여기서 체(體)는 체득(體得)이라는 의미로 쓰여지고 있습니다.

아래 보기 중에서 꿀맛을 바르게 말한 항목을 고르시오.

1. 달다
2. 쓰다
3. 맵다
4. 시다

위 예문에서 문(文)의 수준에 머물러 있는 사람은 거의가 1번을 정답으로 고르겠지요. 꿀맛을 본 적이 없어도 1번을 정답으로 고르면 꿀맛을 아는 사람으로 간주됩니다. 그러나 꿀맛에는 달다, 쓰다, 맵다, 시다가 모두 함유되어 있지요. 단지 그 대표적인 맛이 달다일 뿐이며 경우에 따라서는 쓰다, 맵다, 시다가 각기 대표적인 맛으로 표출되기도 합니다. 이외수의 졸문『벽오금학도』에서 이미 거론한 바가 있는 예문이기 때문에 부연설명이 민망스럽습니다.

그러나 근간에 이르러 가짜 꿀들이 도처에서 판을 치고 있습니다. 연쇄점에서도, 슈퍼에서도, 편의점에서도, 심지어는 양봉가에게서도 진짜 꿀을 구입하기가 여의치 않습니다. 일반 사람들이 맛이나 빛깔이나 냄새로써 진짜와 가짜를 판별할 수는 없지요. 하지만 현미경이 있으면 간단히 판별할 수 있습니다. 한 방울만 슬라이드 글라스에 떨어뜨려 관찰해 보아도 금방 판별해 낼 수가 있지요. 진짜 꿀에는 무수히 많은 꽃가루들이 함유되어 있습니다. 그리고 육안으로는 포착되지 않는 꿀벌들의 미세한 솜털들도 발견됩니다. 그러나 가짜 꿀에서는 그런 것들이 일절 발견되지 않습니다. 가증스럽게도 설탕의 결정체나 수포들이 정체불명의 시럽지대를 형성하고 있을 뿐입니다.

이쯤에서 혹자는 가짜도 어떤 의미에서건 그 존재가치는 있다고 주장할지도 모릅니다. 저는 그 말에 전적으로 동의합니다. 단지 인간과 자연에 해악을 끼치거나 진짜를 위장해서 터무니없는 대접을 받으려 들지 않는다면 비방을 하거나 배척을 할 필요성도 느끼지 않습니다.

그러나 익히 알다시피 진짜와 가짜는 비단 꿀에만 국한된 문제가 아닙니다. 인간계에도 가짜가 진짜로 행세하는 경우가 비일비재하지요. 어이없게도 자신이 가짜라는 사실을 모르고 있는 가짜들까지 있습니다. 때로는 가짜들이 진짜를 가짜로 몰아세워 진위가 전도되는 경우도 부지기수입니다. 역사, 종교, 철학, 사회, 예술, 경제, 정치, 행정, 보건 전 분야에 걸쳐서 가짜들이 진짜로 행세하는 경우가 허다합니다. 그러나 성급하게 절망할 필요는 없습니다. 인간들은 오류를 통해서 수정의 필요성을 느끼고 수정을 통해서 진리에 가까이 접근하는 방식을 터득합니다. 그리

고 마음 안에 소우주를 보는 현미경을 만들고 마음 안에 대우주를 보는 망원경을 만듭니다. 그래서 세상은 아직 살아볼 만한 가치가 있는 것입니다.

전생은

나도 한때는 잘 먹고 잘 살던 시절이 있었다네. 그런데 그때가 언제였을까. 억만 겁 윤회의 바다. 한때는 멍게였을 때도 있었겠지. 한때는 복어였을 때도 있었겠지. 새우였을지도 모르고 고래였을지도 모른다네. 하지만 아직도 무한에 가까운 배역들이 나를 기다리고 있겠지. 어떤 배역인들 아름답지 않으랴. 내 영혼 광대무변한 우주를 떠돌다가 먼지도 되어 보고 태양도 되어보리니. 언젠가는 무거운 업보 모두 벗어던지고 적멸보궁에 드는 날도 있겠지. 하지만 지금도 내 곁에는 목숨을 다하는 날까지 헌신할 문학과 목숨을 다하는 날까지 사랑할 독자들이 있으니 뼈저린 고통조차 어찌 뼈저린 은총이 아니랴.

나무관세음보살.

할렐루야.

새벽 집필실 소묘

천장.

정중앙에 십자 모양의 형광등. 나머지는 상아색 벽지로 도배된 여백. 여백에 뿌리를 박고 고드름처럼 나를 향해 거꾸로 자라고 있는 상념의 뿌리들.

선반.

먼지의 침투를 차단하기 위해 비닐 커버를 걸치고 수도자처럼 명상에 빠져 있는 현미경. 겨울이 시작되면서 숙명적으로 단식상태를 유지하면서 야위어가고 있는 식충식물들. 자전을 멈춘 채 물끄러미 나를 내려다보고 있는 지구본. 『외뿔』의 원판이 내장되어 있는 군청색 커버의 스크랩북. 한 손을 가슴까지 들어올린 채 미소를 머금은 얼굴로 세상을 관조하고 있는 대리석 불상. 소형 캔버스들. 수안 스님이 만들어준 기러기 촛대. 각종 약병들. 타악기 주자 최소리가 선물한 소리금. 제일 끝에는 죽어버린 문자들로 가득 채워져 있는 파지 무더기.

벽.

오래전에 숨통이 끊어져버린 에어컨. 새벽 다섯 시를 향해 규칙적인 소리로 나지막이 구령을 되뇌면서 초침을 움직이고 있는 벽시계. 좌측

액자 속에는 쇠탈한 모습으로 먼 하늘을 바라보고 있는 학 한 마리. 우측 액자 속에는 헐렁한 차림새로 빈 발우를 물끄러미 바라보고 있는 도인 하나. 아크릴로 그린 민화풍의 그림 한 점. 수채화로 그린 가슴앓이. 현황판 속에 순서별로 나열되어 있는 『괴물』의 소제목들과 등장인물들. 나란히 붙어 있는 직사각형의 콘센트와 스위치. 아직 어둠이 짙게 누적되어 있는 유리창. 그리고 한 해가 속절없이 기울어지고 있음을 시사해 주는 12월의 달력 한 장.

가구들.
언제나 심각하고 거만한 표정으로 머리맡을 차지하고 있는 책장. 각종 잡동사니들이 가득 들어차 있는 서랍장. 정치가들만 나오면 불쾌감을 유발시키는 텔레비전. 종일토록 열중쉬어 자세를 고수하고 있는 실내용 이젤. 기름이 마르기를 기다리고 있는 미완의 정물화. 그 곁에 어수선하게 널려 있는 그림도구들. 아이맥 컴퓨터를 지원하는 프린터.

책상.
인터넷이 열려 있는 아이맥 컴퓨터. 인터폰 겸용 전화기. 한 독자가 백양사 종무소에 근무할 때 보내준 동자승 필통. 그 속에 들어 있는 각종

필기도구들. 핸드폰 충전기. 텔레비전 리모콘. 수첩과 볼펜과 싸인펜. 담배와 라이터. 춘천 애니타운 페스티벌을 기념하는 마우스패드. 잡기장. 물이 담겨 있는 유리컵. 그리고 보조안경.

방바닥.

단풍나무 재질의 목재장판. 때가 절기 시작하는 베개와 이불. 금연운동에 조소를 던지며 꽁초를 포식하고 있는 재떨이. 동맥처럼 설켜 있는 전선들. 두루마리 휴지뭉치. 청폐차를 마신 뒤의 다기들. 가장 작은 포인트의 활자들을 연상시키는 모습으로 이 시간까지 방황을 계속하고 있는 개미들. 도처에 흩어져 있는 죽은 시간의 껍질들.

그리고 나.
도대체 지금 무슨 글을 쓰고 있는 거냐.

다시 원고지 밖으로 잠시 외출해서

한동안 원고지 속에서 영혼세탁을 하고 있었습니다.

날씨는 흐려 있다가도 이내 맑아지는 법이지만 세상은 한번 흐려지면 좀처럼 맑아지지 않습니다. 세상을 흐리게 만드는 건 사람들의 영혼입니다. 사람들의 영혼이 흐려지면 세상도 흐려집니다.

제 소설이 조금이라도 세상을 맑아지도록 만들 수 있기를 날마다 소망합니다. 문득 고개를 들면 어느새 새벽입니다. 파지만 가득하고 저는 무참해집니다. 저는 너무 자신이 무능하다는 사실을 절감하고 있습니다.

거의 하루도 거르지 않고 악전고투를 계속하고 있습니다. 그러나 한심합니다. 이제 겨우 200자 원고지 분량으로 160매 정도에 머물러 있습니다. 수십 번을 고치기 때문입니다. 원고에 대한 자신의 결벽증에 이제는 진저리가 처질 지경입니다.

봄 하늘에 일기를 쓰다

잔인한 사월. 토요일. 달력을 보기 전에는 며칠인지 모름.

하늘은 회색이다. 시간도 회색이다. 독감이 퇴각하고 있다.

내게 아침은 무슨 의미로 존재하는가. 『감성사전』에 누구에게나 아침은 오지만 누구에게나 아침이 찬란하지는 않다는 말을 쓴 적이 있다. 그때 나는 외로운 사람들에게는 찬란한 아침마저도 형벌이라는 말을 첨부하고 싶었다. 그러나 너무 잔인하다는 생각이 들어서 잘라버렸다.

나는 통념이라는 감옥을 빠져나온 탈옥수다. 내게는 잠에서 깨어나는 시간이 아침이다. 눈을 뜨니 시계가 두 시 반을 가리키고 있다. 그러니까 오늘은 두 시 반이 아침이다. 이제는 시간이라는 감옥도 내게는 존재하지 않는다. 누구에게든 시간이 흐르는 것이 아니라 자신이 흐르는 것임을 자각하는 순간에 시간의 감옥은 사라져버린다.

신문을 본다.

황사바람이 불고 산불이 번지고 구제역이 확산되는 상황 속에서 국회의원 선거가 막을 내렸다. 새로 당선된 국회의원들의 사진이 신문 전체를 뒤덮고 있다. 왜 나는 그들의 얼굴이 반성을 모르는 상습 범죄자들처럼 철면피해 보이는 것일까. 엘리어트가 사월을 잔인한 달이라고 표현한 이유를 과연 그들은 이해할 수 있을까.

시인 박노해는 사람만이 희망이라고 말했고 시인 신승근은 사람만이 문제라고 말했다. 누가 옳은지는 모르지만 사람에게 물어보면 정답을 얻어낼 수 없다는 사실만은 분명하다.

천상병 선생님이 보고 싶다.

나는 살아갈수록 이 세상이 아름답다고 말할 자신이 없어진다.

아직 마음공부가 신통치 않다는 사실이 부끄러워진다.

"시를 통해서 도에 이르른 사람은 대한민국을 통틀어 천상병 하나밖에 없어."

중광 스님 말씀이다.

"선생님을 전기고문했던 사람들을 거리에서 만나시면 아직도 알아볼 수 있으신가요."

"있지. 있지. 있지."

"만나면 어떻게 하시겠어요."

"요놈. 요놈. 요 이쁜놈이라고 말해 주지."

어느 해 여름 천상병 선생님이 우리 집에 놀러 오셨을 때 들었던 법문이다.

마음 안에서 사랑의 반대말을 완전무결하게 없애버린 도인을 내가 살아서 친견했다는 사실이 축복으로만 여겨진다. 나는 정치가들의 표리부

동한 작태만 떠올리면 발뒤꿈치의 굳은살에까지 닭살이 돋는다. 나는 아직도 속물이다.

내가 정치가들이야말로 이 세상을 아름답게 만들어주는 사람들이라고 원고지에 쓰는 날이 온다면 독자들은 마침내 李外秀가 실성을 했거나 도통을 했다고 믿어주기 바란다.

문하생과 보이차를 같이 마신다. 차는 맑음. 세상은 흐림. 그러나 흐린 세상도 내가 살아가야 할 세상이고 맑은 세상도 내가 살아가야 할 세상이다.

한동안 몇 가지의 병마가 겹치기로 나를 괴롭히고 있었다. 그러나 독자들의 염려와 배려 덕분에 이제 독감이 퇴각하고 있다. 때를 같이해서 오십견통도 철수할 기미를 보이고 있다. 李外秀라는 국산품을 오십여 년이라는 세월 동안 그토록 마구잡이로 굴렸는데도 아직 작동하고 있다는 사실이 자못 은혜로울 뿐이다. 특별한 변고만 생기지 않는다면 다음 주부터는 다시 소설에만 전념할 수 있을 전망이다.

내게는 오로지 문학만이 희망이다.

왜 글을 쓰느냐고 물으신다면

어떤 이들은 제가 유명해지기 위해서 글을 쓴다고 생각합니다. 솔직히 말씀드리자면 예전에는 그런 생각도 조금은 있었습니다. 하지만 이제는 아닙니다.

인간은 어떤 대상에든 이름을 붙이지 않고는 못배기는 동물입니다. 증거는 많습니다. 방대한 분량의 백과사전 전체가 이름씨에 대한 풀이로 일관되어 있다는 사실만 보아도 알 수가 있는 일입니다. 국어사전에도 다른 품사에 대한 풀이보다는 이름씨에 대한 풀이가 압도적으로 많은 분량을 차지하고 있습니다.

지구상에 존재하고 있는 생명체들 중에서 자신의 이름을 소유하고 있거나 다른 사물에게 이름을 부여하는 생명체는 인간뿐입니다. 자신과 다른 사물에 이름이 붙어 있지 않으면 생활에 몹시 불편을 느끼는 생명체도 오로지 인간뿐입니다.

만약 세상의 모든 이름들이 하루아침에 모조리 사라져버린다면 도대체 어떤 현상들이 일어날까요. 물론 다른 생명체들에게는 아무런 동요도 일어나지 않을 겁니다. 하지만 인간들에게는 엄청난 혼란이 야기되겠지요. 일체의 행정체계들이 무너져버리면서 일체의 관계서류들도 의미 없는 쓰레기로 변해버리겠지요. 도덕이나 질서도 허섭스레기에 불과합니다. 남자들은 모조리 이놈이나 저놈으로 지칭될 가능성이 높고 여자들은 모조리 이년이나 저년으로 지칭될 가능성이 높습니다. 약간은 부도덕해 보이면서도 약간은 공평해 보이는 세상이 예상된다고 말하면 죽일 놈 살릴 놈 하실런지요.

하지만 걱정하실 필요는 없습니다. 그런 세상이 오기에는 인간이 너무 이름에 집착하는 시대가 되고 말았습니다. 오죽하면 호랑이는 죽어서 가죽을 남기고 사람은 죽어서 이름을 남긴다는 속담까지 생겼겠습니까.

인간은 자기들에게 이름이 널리 알려져 있으면 유명한 존재로 분류하고 이름이 널리 알려져 있지 않으면 무명한 존재로 분류합니다. 뿐만 아니라 유명한 존재가 무명한 존재보다 가치 있게 평가되기도 합니다. 하지만 당치도 않은 평가입니다.

인간의 가치는 내면에 간직되어 있는 사랑의 깊이나 넓이에 비례해서 평가되어야 하지 않을까요. 만물의 본질은 사랑입니다. 인간도 그 범주에서 벗어날 수가 없습니다. 그러나 이제 인간은 이름에 너무 집착하기 때문에 만물의 본질에 접근하기 힘든 존재가 되고 말았습니다.

혜은이라는 가수가 부른 노래 중에 〈당신은 모르실 거야〉라는 제목의 히트곡이 있습니다. 이름을 불러주세요 나 거기 서 있을게요라는 대목이 나오는 노래입니다. 인간은 이름을 불러주지 않으면 사랑조차도 확인이 안 되는 존재들입니다.

112

오늘날 제가 날마다 피골이 상접한 모습으로 밤을 새워 글을 쓰는 이유는 대단치 않습니다. 단지 이름을 불러주지 않아도 누구에게나 거기 서 있는 존재가 되기 위해서일 뿐입니다.

오십대의 임신한 남자

　나는 오십대의 임신한 남자다. 내 영혼의 모태 속에는 소설이라는 이름의 태아가 자라고 있다. 언제 세상에 태어날지는 예측할 수가 없다. 가능하다면 겨울이 오기 전에 순조로운 분만을 하고 싶다. 순조롭다고는 하지만 필수적으로 고통이 따른다는 사실쯤은 알고 있다. 단지 갈수록 감정의 농도가 짙어지고 갈수록 감각의 촉수가 예민해지는 상황에서 세속의 악취를 견디는 일이 힘겨울 뿐이다.

　오늘날은 무통분만시대다. 무통분만으로 자식들을 양산해서 문학이니 음악이니 미술이라는 이름을 갖다붙이는 부모들이 허다하다. 출생신고도 하고 양육비도 타먹는다. 자비로운 세상이다. 하지만 예술이라는 이름의 산실에서 무통분만으로 얻어진 자식들은 영혼이 없다. 영혼을 가진 이들만이 그 사실을 간파할 수 있다.

　문 밖에 가을이 왔다는 소식이 들린다. 그리운 이들은 모두들 잘 있는지. 내가 침잠해 있는 원고지 밑바닥은 너무도 깊고 어둡다. 부상해서 세상과 소통하는 일이 쉽지가 않다. 의식 속에는 파지만 가득한데 어느새 해가 중천으로 떠오르고 있다. 무참하다. 현기증이 난다. 식욕이 없지만 태아의 건강을 위해서 억지로라도 곡기를 삼키고 잠을 자두어야겠다. 비실비실 음나뤼.

풀죽

한 글자도 쓰지 못한 채로 날이 밝았다. 한 글자도 쓰지 못한 채로 날이 밝았는데도 탁상시계는 무표정하다. 저놈은 인간사에 대해서는 아무런 관심이 없다.

째 깍 째 깍.

무표정한 얼굴로 끊임없이 시간의 알맹이를 까먹는 소리만 뱉어내고 있다. 저놈이 뱉어내는 소리로 짐작컨대 저놈이 까먹는 시간의 알맹이는 분명 해바라기 씨 만한 크기다. 그러니까 벽시계가 까먹는 시간의 알맹이는 도토리 만한 크기고 손목시계가 까먹는 시간의 알맹이는 좁쌀 만한 크기다. 아침이면 언제나 저놈들이 까먹은 시간의 껍질들이 내 머릿속에 수북이 쌓인다.

빌 어 먹 을.

날마다 글자들이 원고지 속에 그렇게 수북이 쌓일 수만 있다면 얼마나 좋을까. 그러나 내 원고지는 결벽증이 심해서 아무 글자들이나 함부로 출입을 허용하지 않는다. 지극히 엄선된 글자들에게만 출입을 허용한다. 울화통이 터지거나 고통스럽더라도 조심해야 한다. 원고지 속에는 도처에 보이지 않는 절벽이 숨어 있다. 마지막 순간까지 집중력을 유지하지 않으면 언제 어디서 절벽 아래로 추락하게 될는지 알 수가 없다.

하지만 이제 나는 지쳐 있다. 더 이상 글자들을 엄선할 기력이 없다. 하지만 탁상시계가 시간의 알맹이를 까먹는 일을 중단해도 나는 써야 한다. 저놈이 인간사에 대해서 아무런 관심이 없듯이 나도 저놈에 대해서 아무런 관심이 없다.

우유로 끓인 풀죽 한 대접을 마시고 잠을 청해 보기로 한다. 글을 붙잡고 있는 한 내게는 모든 시간이 한 대접의 풀죽에 불과하다.

부디 오늘은

몇 시나 되었을까.

벽시계가 있는 쪽으로 고개를 돌릴 기력조차 없다. 간헐적으로 내가 뱉어내는 신음소리를 듣고 잠에서 깨어나기를 여러 번. 가까스로 정신을 수습하면 철사로 만든 밧줄처럼 완강하게 육신을 포박하고 있는 고통과 피로가 느껴진다. 빌어먹을. 누가 주책없이 겨울날 새벽 냉기처럼 시린 슬픔 한 바가지를 떠다가 방바닥에 엎지르고 도망쳤을까. 잠이 덜 깬 상태에서 느껴지는 슬픔은 언제나 뼈를 적신다. 그러나 지금 내게는 슬픔을 걸레질할 방법이 떠오르지 않는다. 실내에는 엷은 어스름이 잠복해 있다. 밤이 오고 있는 중인지 새벽이 오고 있는 중인지 종잡을 수가 없다. 사방이 고요하다.

아무리 선량한 사람도 때로는 세상을 향해 쓰벌이라는 욕설을 내뱉고 싶은 충동을 느낀다.

컴퓨터를 켜고 한글 파일을 열어 소설의 소제목으로 쓰일 문장 한 줄을 자료함에 저장한다. 그리고 차라리 장마비나 세차게 쏟아졌으면 좋겠다는 생각을 하면서 다시 잠 속으로 기력없이 빠져든다. 내 잠의 무게는 언제나 천 근 바위덩어리다.

며칠이나 잠을 잤을까.

문하생이 집필실로 올라와 잠을 깨운다. 나는 텔레비전을 켜보고 나

서야 밤이 되었음을 알아차린다. 다행스럽게도 몸이 한결 가벼워져 있
다. 늘어지게 잠을 자고 일어났더니 세상 만물이 모두 오뉴월 뙤약볕에
내다놓은 엿가락처럼 늘어져 있다. 벽시계의 문자반도 늘어져 있고 책상
위의 청죽도 늘어져 있다. 늘어져 있는 것들은 적당히 나태하면서도 평
화로워 보인다.

　나는 비로소 늘어져 있는 것들이 적당히 나태하고 평화로워 보이지만
은 않는다는 사실을 자각한다. 조금씩 짜증이 대가리를 쳐들기 시작한
다. 대가리 숙여, 라고 명령해도 아무 소용이 없다. 짜증의 대가리에는
무수한 가시들이 돋아난다. 내일 다각적으로 개선방안을 강구해야겠다
는 생각을 하면서 죄송한 마음을 전한다.

기다리는 일은 사랑하는 일보다 힘들다지만

오늘 새벽 일주일 동안 물고 늘어지던 단락 하나를 간신히 끝마쳤다.

비로소 안도감을 느끼며 보이차를 마신다. 방 안의 사물들이 긴장을 풀고 늘어지게 하품을 하고 있다. 수족관 속에 살고 있는 청거북들은 기온이 떨어지면서 일제히 동면상태로 들어갔다. 하지만 나는 아침이 되어도 잠이 오지 않는다. 아직도 수많은 단락들이 수술을 기다리고 있거나 분만을 기다리고 있다.

고통은 쓰는 자의 몫이고 행복은 읽는 자의 몫이다.

소설가는 세상을 살아가는 문제 하나로도 골치가 뽀개지는 독자들에게 가급적이면 두통을 유발시키는 소설을 쓰지 않도록 각별히 유념할 필요가 있다. 나는 쓸 때도 재미없는 소설은 읽을 때도 재미없는 소설이라고 생각한다. 재미없는 소설은 작가도 고문하고 독자도 고문한다. 물론 재미만 있어서도 안 된다. 감동이나 교훈도 있어야 한다. 이번 단락은 백장(白丁)이라는 직업을 가진 작중인물이 등장한다. 필연적으로 삽입되어야 하는 부분이다. 하지만 쓰고 나서 검토해 보니 서술적 문체 일변도여서 도무지 재미를 느낄 수가 없었다. 재미가 없다는 사실이 목구멍에 박혀 있는 생선가시처럼 집요하게 내 의식을 물고 늘어졌다. 마음에 걸리면 고쳐야 한다. 그것은 일종의 작가적 양심이다.

열 손가락 깨물어 안 아픈 손가락이 없다는 속담이 있다.

자식에 대한 부모의 보편적인 사랑을 대변하는 속담이다. 소설가에게는 모든 단락이 손가락이다. 남들이 그걸 씹으면 소설가는 당연히 아픔을 느낀다. 소설가는 숙명적으로 두 가지 고통을 감내하면서 살아야 한다. 한 가지는 소설을 쓰면서 겪어야 하는 고통이고 다른 한 가지는 손가락을 씹히면서 겪어야 하는 고통이다. 그러나 소설에서 손가락 하나가 탄생하려면 얼마나 처절한 고통의 과정을 거쳐야 하는가를 실제적으로 알고 있는 사람들은 드물다.

깨달음으로 가는 길

아상(我相)의 벽을 깨뜨리지 않으면 한 걸음도 앞으로 갈 수 없습니다.

국어사전에서는 아상을 망상에 의하여 나타난 자기와 비슷한 모양 또는 자기의 학문 재산 문벌 지위 등을 자랑하여 다른 사람을 몹시 업신여기는 마음으로 풀이하고 있습니다.

한마디로 아상이란 자기허상이라는 말과 동일합니다. 만물의 본성을 깨닫지 못한 상태의 자기는 허상으로서의 자기이지 진체로서의 자기가 아닙니다.

그러나 안타깝게도 만물의 본성을 설명하거나 전달할 수 있는 언어나 기호를 아직 인간은 발견하지 못했습니다.

오늘날 대다수의 학문이 진리를 탐구한다는 명분으로 현상을 탐구합니다. 그러나 현상은 허상입니다. 장자는 우주의 변화가 무한하므로 현상을 통해서 본성을 탐구하는 일을 어리석다고 지적한 바가 있습니다. 인간이 지식에 머물러 아상에 빠지는 소치를 경계한 말이지요.

지식은 무한을 유한에 가두게 됩니다. 이것을 무한으로 되돌려 보내면 절로 아상의 벽이 깨뜨려집니다.

저는 소설 속에서 자주 생각에 의존해서 살아가는 사람들이 많은 세상보다 마음에 의존해서 살아가는 사람들이 많은 세상이 아름답다는 사실을 강조합니다. 아상을 버리는 일은 두뇌로서는 불가능하며 마음으로

서만 가능하기 때문입니다.

그러나 생각과 마음은 어떤 차이를 가지고 있을까요. 저는 『황금비늘』에서 대상과 나를 이분화하면 생각에 머무르고 대상과 나를 합일화하면 마음에 이른다고 피력한 바가 있습니다. 이는 육안과 뇌안의 범주에 머무르지 않고 심안과 영안의 영역으로 진화한다는 말과 같습니다. 그러나 아상에 머물러 있는 자는 결코 육안과 뇌안의 범주를 떠날 수가 없습니다.

오늘은 이쯤에서 이외수의 썰을 접어야겠습니다. 썰로써는 도저히 만물의 본성에 접근할 수가 없기 때문입니다. 하지만 제가 왜 여기에 개떡 같은 썰을 풀고 있는가를 두뇌가 아닌 마음으로써 한 번쯤 가늠해 주시기를 간구합니다.

문학에 대한 절대적 의식 전환

제가 문학을 하는 것이 아닙니다.

문학이 저를 빌어

조화로운 세상을 꿈꾸는 것입니다.

아침에 쓰는 일기

그대에게 시 한 수를

비록 절름거리며 어두운 세상을 걸어가고 있지만요.

　　　　허기진 영혼 천 길 벼랑 끝에 이르러도
이제 절망 같은 건 하지 않아요.

　　　　겨우내 자신의 모습을 흔적없이 지워버린 민들레도
한 모금의 햇빛으로 저토록 눈부신 꽃을 피우는데요.

　　　　제게로 오는 봄인들 그 누가 막을 수 있겠어요.

겨울 풍문

눈이 내립니다.
달마가 서쪽으로 떠난 까닭을 말해 드릴까요.

달마가 죽은 뒤에 누군가 관뚜껑을 열어보았더니
달마는 간데없고
짚세기 한 짝만 남아 있더라는 풍문은 들으셨나요.

며칠이 지나서
달마가 남은 짚세기 한 짝을 둘러메고
히말라야로 들어가는 모습을 보았다는
풍문도 들으셨나요.

달마가 서쪽으로 떠난 까닭은
온 세상에 겨울이 깊었기 때문입니다.

한 소식

그대 겨울 하늘에 걸려 있는 초생달로
이마를 도려내어 법명 하나 새기고
철없이 영주 부석사 부처밥 훔쳐 먹던 시절
잠결에 무량수전 서까래 넘나들면서
내 머리 어디 있느냐고 다그치던 무두불
오십 년이 지나서야
대관령 계곡에 얼음 풀리고
진달래 환한 등불로 내걸리는 봄날
어린 동자로 돌아와 한눈이나 팔고 있다는 소식
거참
배추 흰나비 한 마리 귀뜸해 주고 날아간 하늘이
어찌 저리도 눈부시단 말인가.

가을비

사랑하는 그대

이제 우리 다시 만나면

소중한 말은 하지 말고

그저 먼 허공이나

바라보다 헤어지기로 할까.

귀신도 하나 울고 가는

저녁 어스름

마른 풀잎 위로

가을비가 내린다.

개나리

빨간색 선글라스를 낀 사람이
개나리를 빨간색이라고 우깁니다.
파란색 선글라스를 낀 사람이
개나리를 파란색이라고 우깁니다.

내가 옳다 니가 틀려 두 사람이 멱살을 잡고 싸웁니다.
하지만 개나리는 노란색 꽃입니다.
봄이 되면 제일 먼저 피어나는 꽃 햇볕을 닮은
눈부신 꽃입니다.

여보세요 여보세요 제 말 들리시나요.
이 사람들 아직도 선글라스를 끼고 있네.
저러니 세상을 아직도 더듬고 있지.
저러니 꿈 같은 마음으로 살 수가 없지.

그대를 보내고

이제 집으로 돌아가자.
우리들 사랑도 속절없이 저물어

　　가을날 빈 들녘 환청같이
　　나지막이 그대 이름 부르면서
　　스러지는 하늘이여.

버리고 싶은 노래들은 저문 강에
쓸쓸히 물비늘로 떠돌게 하고
독약 같은 그리움에 늑골을 적시면서
실어증을 앓고 있는 실삼나무

작별 끝에 당도하는 낯선 마을
어느새 인적은 끊어지고
못다한 말들이 한 음절씩
저 멀리 불빛으로 흔들릴 때

발목에 쐐기풀로 감기는 바람
바람만 자학처럼 데리고 가자.

손바닥에 쓰는 가을 엽서

오늘은 가을 초입 은행나무 이파리

샛노란 불빛으로 반짝이는 우체국 앞에서

어깨 굽은 한 시인의 이름을 생각하네

사랑은 바람불지 않아도 지는 이파리

새벽 일기

해마다 겨울이면 잠을 이루지 못하는 병이 깊어져

언제나 새벽녘에야 일기를 쓰게 됩니다.

오늘도 눈 내린 순백의 화면 위에

사람이 그립다고

한 줄로 써봅니다.

상처

그대는 예술과 기술을 구분할 수 있는 눈을
소유하고 계시는지요.
있다면 모든 예술가들의 내면에 깊이 패여 있는
자해의 상처들을 보실 수가 있으시겠지요.

그 상처는

눈 먼 대중을 만날 때 더욱 고통스러워집니다.

무기 선택

어떤 이는 강한 것이 부드러운 것을 이긴다 하여
송곳이 송판을 뚫는 경우를 보라 하고
어떤 이는 부드러운 것이 강한 것을 이긴다 하여
바람이 바위를 깎는 경우를 보라 한다.
대저 누구의 장단에 춤을 추어야 할까.
순간과 부분에 머물러 판단치 말고
영원과 전체를 헤아려 판단할 일이니
이긴 자와 진 자가 결국 어디서 만나게 될지를 생각할 일이다.

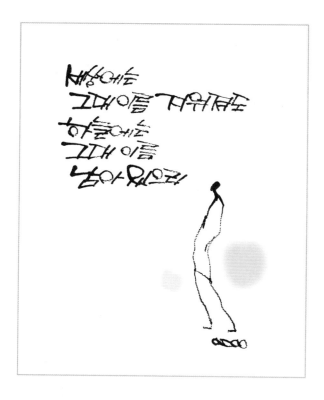

실연의 아픔에는 영약이 없다

저는 어떤 위로의 말씀도 통하지 않는다는 사실을 경험을 통해 잘 알고 있습니다. 하지만 아홉 번 실패하고 열 번째 성공해서 지금은 나름대로 기똥차게 살고 있는 선배 하나가 있습니다.

바로 접니다.

그 모진 시련을 편안하게 견디는 비법은 이 세상 어디에도 존재하지 않습니다.

백약이 무효입니다.

술을 마실수록 내장만 작살납니다.

결과에 비추어본다면 저는 남의 여편네가 될 여자들에게 턱없는 기대를 걸었던 거지요.

천생배필은 따로 있는 겁니다.

희망을 가지고 때를 기다리는 수밖에 없습니다.

무슨 엄청난 죄를 저지르지 않았다면 상대편도 가슴이 아플 겁니다.

때를 기다리다 보면 다시 만나는 수도 있지요.

집착할수록 비참해집니다.

실연의 아픔을 예술로 승화시키는 방법도 고려해 보시기 바랍니다.

당신은 지금 시인이 될 기회를 얻었는지도 모릅니다.

2월, 그대에게 바치는 詩

도시의 트럭들은 날마다 살해당한 감성의 낱말들을
쓰레기 하치장으로 실어 나른다. 내가 사랑하는 낱말
들은 지명수배 상태로 지하실에 은둔해 있다.

봄이 오고 있다는 예감 때문에 날마다 그대에게
엽서를 쓴다. 세월이 그리움을 매장할 수는 없다.

밤이면 선잠결에 그대가 돌아오는 발자국 소리
소스라쳐 문을 열면 아무도 보이지 않고 뜬눈으로
정박해 있는 도시 진눈깨비만 시린 눈썹을 적시고
있다.

희망을 버리지 않는 아침을 위해

우리집 담장 너머 목련나무 한 그루
아침마다 잎 다져 쓸쓸한 가지 넘나들며
청명하게 지저귀던 새소리를
이제야 통역해서 여러분께 전합니다.

파랑새가 있다니깐요

　　　　파 랑 새 가 　 있 다 니 깐 요 .

자각

술 한 잔 도 마 시 지 않 았 는 데

쓸 데 없 이 나 는 늙 어

소 리 죽 여 내 리 는 봄 비 에 도 늑 골 이 쓰 리 네 .

아시나요

그대가 내게 보낸 말씀들은
달밝은 밤이면
의암호로 가서

눈부신 물비늘로 반짝거려요.
나머지는 적막강산

피라미 한 마리가 튀는 소리에도
온 우주가 돌아누워요.
산복숭아 꽃잎 눈보라처럼 흩날려요.

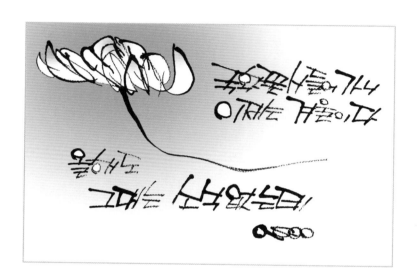

입추

지난 여름의 상처가 깊을수록

물 건너 가을 단풍은 더욱 선명해지는 법

저 혼자 멀어져가는 입추의 하늘 언저리

나는 젖은 속눈썹이나 하나 심어두고

이제는 무슨 일이 있어도

그대 안부 따위는 묻지 않겠네.

아침에 쓰는 일기

사나흘 손톱에 피 흘리며 소설밭 뿌리 질긴 잡초를 뽑다가 돌아왔어요.

이제는 눈을 좀 붙여야지요.

창문을 열어보니 텅 빈 회색 하늘 시치미를 떼셔도 소용없어요.

고단한 조각잠 머리맡에

　　　　가을비 속삭이는 음성으로

　　　　　　　몰래 오실 거지요.

즐거운 주말 보내소서

세상아 저물지 마라.
지난날 내 저급한 이름 위에 뱉어준 가래침도
지금은 격외선당 우담바라 꽃송이로 피어나거늘

서로가 살아 있으므로 눈물겨운 목숨 곁에서
부디 한순간의 증오로 저 하늘을 덮지 마라.

비록 기다리는 날들이 사랑하는 날들보다 아프다지만
날마다 내가 삽질하는 시간의 어두운 터널 건너
언젠가는 그대 마음 사과꽃 눈부신 마을에 살게 하리니.

답신

그대 영혼의 머리맡으로 이어지는
터널 속으로
시간이 함몰하고
비가 내리고
시린 뼈들이 우는 소리를 들었다.
하지만 그대에게 보내는 답신은 오늘도

집필중.

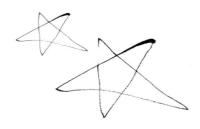

이 가을 추적추적 내리는 빗소리에

동행도 없이 낯선 길을 걸어와 비로소 텅 빈 거울 속을 들여다보네.

돌아보면 부질없어라 가슴에는 무성한 쐐기풀

날마다 허망하게 일력이 한 장씩 떨어지고 기다리는 사랑은 끝내 오지 않았네.

부질없는 희망과 이별하고 부질없는 절망과 조우하고

어느새 지천명 암울한 이마의 주름살만 동굴처럼 깊었네.

이미 내게서 멀어져간 이름들로 눈시울을 적실 나이는 지났건만

빌어먹을 아무리 생각해도 알 수가 없네.

이 가을 추적추적 내리는 빗소리 새벽까지 불면으로 뒤척이는 이유를.

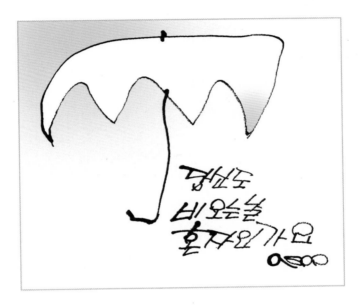

가을날 그리움의 거처

갑자기 하늘이 캄캄해지면서 천둥번개를 동반한 소나기가
줄기차게 쏟아지고 있습니다.
날씨는 분명히 가을인데 비는 여름비로 내리네요.
요즘은 날씨조차도 부조화스럽습니다.
하지만 부조화까지를 포함하고 있는 것이
진정한 조화인지도 모릅니다.
아마도 이 비가 그치면 기온은 급격히 떨어지고
그리움은 더욱 선명하고 쓰라린 화석으로
시간의 지층 밑바닥에 부각되겠지요.
아직도
그대를
잊지 못했음
이라고 누군가에게 짤막한 교신이라도 보내고 싶은 날입니다.
하지만 지난날 내 곁을 떠나가버린 모든 이들의 주소는
이미 오래 전에 망실되고 말았습니다.
가을날 그리움의 거처는 바람의 거처와 동일합니다.

빈손을 위하여

불청객 유감

감기라는 불청객이 찾아들더니 며칠째 물러갈 기미를 보이지 않는다. 너무 편하게 대해주었더니 염치를 모르고 식구들을 괴롭히고 있다. 달래도 소용이 없고 엄포를 놓아도 소용이 없다.

이번에 찾아온 놈은 성질머리가 더러운 편이다. 코밑이 헐고 목이 쓰리고 관절이 쑤시는 현상이 계속되고 있다.

과학이 발달해서 달나라에다 발자국을 찍었어도 감기를 퇴치하지는 못했다. 버튼 하나만 누르면 지구 전체를 폭파할 수 있는 무기를 보유하고 있어도 감기를 퇴치하지는 못했다. 인간들은 끊임없이 살균제를 만들어내지만 세균들은 끊임없이 그 살균제를 무력화시키는 내성들을 만들어낸다.

인간들이 행복한 삶을 영위할 목적으로 엄청난 인력과 시간과 자금을 투자해서 양산해 낸 발명품들은 결국 스스로를 멸절시키기 위해 자신들에게 겨누어지는 무기들로 전락해 버리고 만다.

요즘은 시간이 혼탁해져 있다.

새벽까지 버티다 지쳐서 잠이 들었는데 깨어나보니 전신이 식은땀으로 축축하게 젖어 있다. 일거리들이 태산같이 밀려 있지만 이 상태로는 어쩔 수가 없다. 생활이 헝클어져 아내와 문하생들도 적지 않은 고역을 치르고 있다.

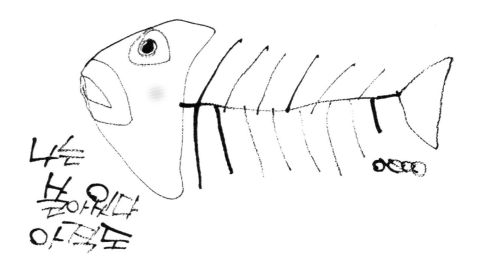

이따금 새벽에 초인종을 누르는 방문객들이 있다.

대개 술에 만취된 사람들이다. 같이 한잔 마시고 싶어서 왔다는 것이다.

그러나 나는 오래전에 술을 끊었다. 취객을 불러들이면 그가 돌아갈 때까지 횡설수설 속에서 술시중을 들어주어야 한다. 그러면 당연히 스케줄에 많은 차질이 생기게 된다.

나는 새벽에 글을 쓰거나 책을 읽거나 명상을 한다. 조용한 분위기가 최적인데 방해를 받으면 몹시 곤혹스럽다. 오죽이나 괴로우면 이런 새벽에 나를 찾아왔을까 싶은 생각도 해보지만 원하는 대로 시간을 할애할 수가 없다. 내게도 재충전할 여유가 필요하기 때문이다. 그러나 다음에 만나자고 하면 떼를 쓰는 취객들이 대부분이다. 그런 취객들은 지극히 일방적인 사고방식을 가지고 있다. 나중에는 시비조로 따지다가 화를 내면서 소란을 피우는 사람들도 있다. 감기 같은 존재들이다.

하지만 인간에게 잠시 놀다 가고 싶은데 허락해 주겠느냐고 의사타진을 해오는 세균들은 없을 것이다. 어차피 세상은 인간만을 위해서 존재하지는 않는다. 나도 당분간은 감기와 동고동락하는 도리밖에 없다. 감기에게 어찌 염치가 있기를 바라겠는가. 괴롭지만 내가 참는 수밖에.

현미경에 관한 보고서

　비싼 현미경을 구입한 뒤에 본전을 뽑으려고 열심히 들여다보고 있는 중입니다. 그러나 이제 겨우 부품들의 사용법을 익힌 수준에 불과합니다. 그것조차도 아직 완전무결한 상태는 아닙니다.

　요즘은 주로 연못에 서식하고 있는 이끼들을 채취해서 관찰하고 있습니다. 코딱지만큼 떼어서 현미경으로 들여다보면 황홀찬란한 세계가 들어 있습니다. 코딱지 만한 세계 속에도 산이 있고 숲이 있고 강이 있고 들이 있고 호수가 있습니다. 벌써 본전은 뽑았다는 생각이 듭니다.

　현미경을 들여다보고 있으면 역시 세상만물이 모두 아름답다는 사실을 절감하게 됩니다. 해캄. 아메바. 짚신벌레. 대장균. 종벌레. 플랑크톤. 그 밖에 이름을 아직 알아내지 못한 여러 가지 생명체들이 나름대로 바쁘게들 살아가고 있는 모습을 볼 수 있습니다. 거기도 정치가들이 있는지 거기도 장사꾼들이 있는지 아직 모르겠습니다. 그러나 예술가들이 많다는 사실만은 확실합니다.

　육안에만 의존해서 보았을 때는 코딱지 만한 크기의 코딱지처럼 생긴 이끼가 현미경으로 들여다보니 하나의 대륙이었습니다. 그러니까 제가 육안으로 본 코딱지 만한 크기의 코딱지처럼 생긴 이끼는 진실이 아니었습니다. 제가 현미경으로 들여다본 세상도 진실이 아니겠지요. 보다 성능이 뛰어난 기재로 들여다보면 또다른 세계가 전개될 테니까요.

현미경을 들여다볼 때마다 사람이 네 가지의 눈(肉眼. 腦眼. 心眼. 靈眼)을 가지고 있다는 저 자신의 견해에 대해 더욱 확신을 가지게 됩니다.

예술가는 미시적인 안목과 거시적인 안목을 겸비해야 한다는 글을 어느 책에선가 읽은 기억이 있습니다. 심안과 영안은 어떤 현미경보다도 미시적이며 어떤 망원경보다도 거시적인 세계를 소상히 들여다볼 수 있는 눈입니다.

우리가 살고 있는 세상이 아무리 혼탁해져도 심안과 영안만은 결코 혼탁해지지 않습니다. 그 눈을 뜨지 못한 사람들은 자신에게도 속고 세상에게도 속는 경우가 많습니다.

그대는 지금 어떤 눈으로 세상을 보고 계시는지요.

성경 속의 한 구절에 대한 견해

　나로 말미암지 않고서는 결코 하나님 아버지께로 갈 수가 없다―라는 예수님의 말씀은 때로 악마를 만들어내는 마약이 되기도 하고 때로 천사를 만들어내는 영약이 되기도 합니다.

　마약이 되는 경우는 그 말을 종교적 이기성으로 받아들일 때고 영약이 되는 경우는 그 말을 종교적 자비심으로 받아들일 때입니다.

　(사랑과 희생을 최상의 축복으로 간직한) 나로 말미암지 않고서는 결코 하나님께로 갈 수가 없다.

　(인간으로서 오로지 절대적이고 유일한) 나로 말미암지 않고서는 결코 하나님께로 갈 수가 없다.

　둘 다 틀린 말은 아닙니다. 그러나 당사자인 예수님께서는 어떤 종교인의 견해가 기독교의 본질에 가깝다고 생각하실까요.

　하나님과 예수님을 이기적인 존재가 아니라 박애적인 존재로 받아들이는 사람은 결코 다른 종교를 배타적인 시각으로 받아들이지 않습니다. 하나님이 우주만물 중에 어떤 것이라도 편애하신다면 도대체 인간과 무엇이 다를까요. 사랑이 내재되어 있지 않은 전지전능이라면 경외와 공포의 대상에 불과합니다. 세계사에서 기독교가 지나간 자리에 전쟁이 없었

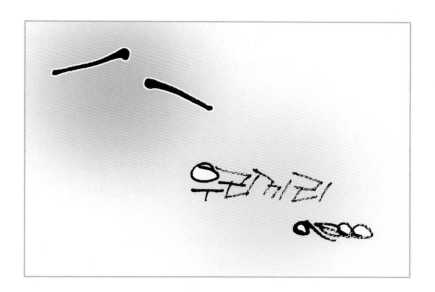

던 자리가 없다는 말이 있습니다. 기독교의 이기성, 배타성과 무관하다고 주장하기 어려운 부분이지요.

다윗이 전쟁에서 승리를 거두고 성전을 축조할 계획을 세웠을 때 하나님께서는 다윗이 많은 사람의 피를 손에 묻혔다는 이유로 허락지 않으셨지요.

거듭 말씀드리자면 하나님은 결코 이기적인 존재가 아니라 박애적인 존재입니다. 따라서 진실로 하나님을 따르는 자라면 모든 성경 구절을 이기적인 거울이나 배타적인 거울에 비추어 해석하지 않습니다. 그건 하나님의 거울이 아니라 인간 자신의 거울에 불과하다는 사실을 알고 있기 때문입니다.

기특하게도 인간의 거울에 비치는 하나님의 크기는 거울의 임자가 간직하고 있는 마음의 크기와 정비례합니다. 마음이 좁쌀 만한 인간에게는 하나님도 좁쌀 만한 크기로 비치고 마음이 우주 만한 인간에게는 하나님도 우주 만한 크기로 비치지요.

성경을 머리로 해석하기보다는 마음으로 감상하는 자세를 가져야 하지 않을까요. 성경은 마음의 아름다움을 가르치는 글들로 가득 차 있으며 아름다움은 해석될 때보다 감상될 때 그 본질을 드러내 보인다는 한 원고지 기생충의 변함없는 소견이었습니다.

저능아

인간은 좌우 양뇌적 동물이라는 학설이 있습니다. 그 학설에 의하면 좌뇌는 수학적이고 과학적이며 논리적인 특성을 내포하고 일반적으로는 단기적인 효율성을 획득하는 일에 널리 쓰입니다. 반대로 우뇌는 종교적이고 예술적이며 창조적인 특성을 내포하고 일반적으로는 장기적인 효율성을 획득하는 일에 널리 쓰입니다.

그러나 인간이 좌우 양뇌를 조화롭게 사용하지 못할 경우 자연에게도 인간에게도 치명적인 해악을 초래하게 됩니다.

밀러라는 과학자는 디디티(DDT)라는 살충제를 발명해서 노벨상을 받았습니다. 그러나 후일 그 잔류 독성이 자연과 인간에게 치명적인 해를 끼친다는 사실이 판명되어 세계 각국에서 사용이 금지되었습니다. 과학사를 통틀어 이와 같은 시행착오는 그 수를 헤아리기 힘들 정도로 비일비재하지요. 이는 단기적인 효율성만을 염두에 둔 인간의 자연에 대한 좌뇌적 범죄행위나 다름이 없습니다.

만물과의 조화를 위해서는 절대적으로 양뇌의 균형 있는 발달이 우선되어야 합니다.

그러나 인간은 오래도록 자연에 대한 공존의식이 결여된 상태에서 체계적이고 전문적인 학습방법으로 좌뇌를 발달시키는 일에 부단한 노력을 경주해 왔습니다. 그리하여 좌뇌가 발달한 인간을 우뇌가 발달한 인

어느놈이 가장
돌방쳤나요

간보다 우수하게 평가하는 관습을 만들었지요.

아직도 인간은 자신들의 좌뇌가 만들어낸 것들에 의해 자신들을 죽이는 어리석음을 반복하고 있습니다.

성경에 의하면 하나님은 인간보다 자연을 먼저 만들었습니다. 어떤 의미에서든 그것은 인간에게 과분한 축복이 아닐 수 없습니다. 자연은 인간에게 진정한 사랑과 진정한 헌신과 진정한 조화의 아름다움을 가르치는 스승이기 때문입니다.

그러나 오늘날 인간은 자연에게 어떤 모습으로 비쳐질까요. 끝내 아상을 버리지 못한 채 스스로 묘혈을 파고 있는 문제아는 아닐까요. 어쩌면 자연이 인간의 스승이라는 사실조차도 모르고 있는 구제불능의 저능아로 비춰지고 있는지도 모릅니다.

인간이 만물의 영장이라는 망언은 이제 수정되어야 합니다.

인간이 아직도 아상의 껍질 속에 갇혀 있는 하등동물임을 그 망언 자체가 여실히 증명하고 있기 때문이지요. 끝으로 짧막한 문장 하나 덧붙입니다.

먼지여.

아무리 생각해도 아름답구나.

요즘 젊은 놈들은 버르장머리가 없다

천여 년 전에 이집트 어느 피라밋 벽에 적혀 있던 글이라고 한다. 천여 년 전에도 없었던 젊은이들의 버르장머리가 지금 생겨나주기를 바란다면 노털들의 지나친 욕심일까.

나는 아직도 우리 나라를 동방예의지국인 줄로 알고 있다. 그러나 어떤 때는 동방무례지국으로 변해 있다는 사실을 확연히 깨닫게 된다.

어떤 분은 무지를 무기인 양 휘두르기도 한다. 날씨 탓인지도 모른다. 하지만 날씨가 아무리 더워도 한 번쯤은 남의 말을 숙고해 볼 줄 아는 마음의 여유들을 가졌으면 좋겠다. 불과 며칠 전에 나는 노털의 입장으로서 분명 아상을 버리자는 의미의 글을 쓴 바 있다. 그런데 어떤 이들은 들은 척도 하지 않는다. 결국 내 말은 씹히고 말았다는 뜻일까.

각자가 자정능력을 가지고 있다고 말하는 사람들도 있다. 물론 나도 그 말을 믿는다. 하지만 자정능력을 믿고 마구잡이로 독설과 요설을 남발하는 행위를 수수방관하는 것이 지혜와 자비는 아니다. 요설이란 문자 그대로 똥오줌을 싸갈기듯이 말이나 글을 남발하는 행위를 가리킨다.

오늘날은 어른이 없는 시대라는 말이 자주 쓰인다. 버르장머리가 없는 젊은이들을 보고도 수수방관하는 어른들이 많다는 뜻일까. 아니면 예절을 등한시하는 젊은이들이 많다는 뜻일까. 나는 두 가지 의미가 모두 내포되어 있다고 생각한다. 잔소리를 늘어놓는 일이 노털들만의 특권이

170

아니듯이 치기를 일삼는 일도 젊은이들만의 특권은 아니다.

　인간이 각박하면 세상도 각박해지는 법이다. 서로의 의견을 존중할 줄 아는 마음이 없이 어찌 세상이 아름답기를 바라겠는가. 표현의 자유는 정당성과 합리성을 내포한 표현일 경우에만 적용되는 말이지 망발이나 요설에까지 적용되는 말은 아니다.

　요 즘　젊 은 이 들 은　정 말 로　아 름 답 다 .

　하루에도 몇 번씩 이 말을 하면서 살아갈 수 있다면 분명 세상은 천국이다.

이빨도 접대용이 있다네요

가을이 가기 전에 끝내려던 소설은 앞니 하나를 뽑아 먹고도 여전히 거북이 걸음입니다.

치과에 전화를 걸었더니 정식 의치는 두 달 후에나 가능하고 우선 가치를 만들어 끼워야 한다네요. 아시겠지만 가치는 타인에게 혐오감을 주지 않기 위해 우선 끼워두는 가짜 이빨이랍니다. 단지 접대용일 뿐 이빨로서의 기능은 전혀 없답니다. 하지만 라면 한 가닥 정도야 끊어 먹을 수 있지 않을까요.

어차피 너저분한 외모 때문에 위생적인 분들께 혐오의 대상으로 군림한 지 어언 수십 년. 접대용 이빨의 필요성을 별로 느끼지 못하고 있는 실정입니다. 문하생들은 여성팬들을 위하여 끼워야 한다고 농담삼아 말하지만 아무래도 자기들이 앞니 빠진 싸부를 대하기가 상당히 민망한 모양입니다. 그래도 저는 치과에 드나들기 시작하면 집필 리듬이 끊어질 테니 그냥 개겨볼까 어쩔까 망설이고 있는 중입니다.

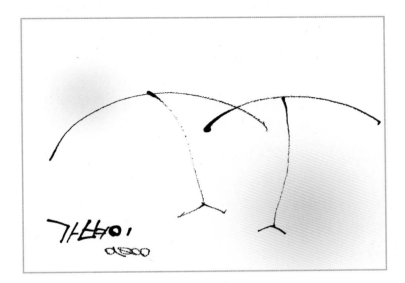

이 시키가 그 시키가 아니라면

　　인간의 뼈나 세포나 혈액 따위를 이루고 있는 물질적 요소들은 6년이 경과하면 완전무결하게 교체되어 버린다는 학설이 있습니다. 그 학설에 근거하면 내가 몇십 년만에 초중고등학교 때의 동창을 만나

야 아　너　이　시 키　정 말　오 랜 만 이 다

라고 말하면서 얼싸 안는다는 건 정말로 우스운 일입니다. 물질적으로 따지자면 이 시키는 내가 오래전부터 알고 있던 그 시키가 아니라 전혀 다른 시키이기 때문입니다.

　　그러나 우리는 물질적인 존재이면서도 정신적인 존재입니다. 때로 정신적인 면은 6년이 아니라 60년이 지나도 변질되지 않는 수가 있습니다. 그러니까 정신적인 면에서는 이 시키가 그 시키일 수도 있습니다. 얼마나 다행스러운 일인지요.

174

벼락의 명중률

어제부터 시간의 늑골을 분지르면서 줄기차게 장마비가 쏟아지고 있습니다. 세상이 온통 빗소리에 매몰되고 있습니다. 이상하게도 천둥번개는 시종일관 침묵을 지키고 있습니다. 그동안 엉뚱한 장소에만 벼락을 때려서 하나님께서 잠시 천둥번개에게 출연정지처분을 내리신 모양입니다.

인간이 보는 장소에서 악행을 저지르면 인간이 그를 벌하고
인간이 보지 않는 장소에서 악행을 저지르면 하늘이 그를 벌한다.

장자의 말입니다. 장자가 그 말을 할 때까지는 벼락의 명중률이 매우 높았는지도 모릅니다. 하지만 요즘은 어떤 나쁜 놈들도 전혀 벼락을 겁내지 않는 시대입니다.

해마다 장마가 휩쓸고 지나가면 수재민들이 속출합니다. 해마다 많은 사람들이 성금과 위문품을 기탁합니다. 그런데도 상황은 별로 달라지지 않습니다. 일부 몰지각한 인간들이 성금과 위문품을 착복하는 사례도 적지 않았습니다. 벼락의 명중률이 제로에 가깝다는 사실을 알고 마음대로 악행을 저지르는 건 아닐까요.

물론 하나님께서는 벌이 무서워서 악행을 저지르지 않는 인간보다 선

행이 아름답기 때문에 악행을 저지르지 않는 인간이 더 많아지기를 기대하고 계시겠지요. 장마가 자신의 이득을 위해서라면 타인의 어떤 곤경도 외면해 버리는 이기주의자들의 욕심덩어리를 말끔히 세척해 주었으면 좋겠습니다.

결국 모든 인생이 본전이라 하더라도

돌아보면
실어증 속에서 낙엽처럼 파지만 흩날렸지요.
세월은 언제나 제 인생을 앞질러
어디론가 허망하게 사라져버리고 말았습니다.

한평생 발버둥을 쳐보아도
인생은 어차피 본전인 것을
정말 동분서주 바쁘게 살았다는
생각입니다.

새삼스럽게 유종의 미라는 말이 떠오릅니다.
현재의 내 모습이
미래의 내 모습을 형성하는
밑그림이라는 사실을
언제나 되새김질하면서 살겠습니다.

개미들아

식충식물들과 동거를 시작하면서부터 개미들이 모조리 사라져버렸다.

간식을 먹고 부스러기가 떨어지기만 하면 징그러울 정도로 득시글거리던 놈들이 모두 어디로 가버렸을까.

식충식물들은 대기중의 습도를 고려해서 수반 가운데 비치해 두었다.

개미들이 식충식물들한테 접근하려면 수반에 담긴 물을 통과해야 한다.

하지만 개미들이 식충식물들에게 접근하기 위해서 물을 통과하는 장면을 한번도 목격해 본 적이 없다.

그러니까 식충식물이 개미들을 잡아먹었다고 추정하기는 어렵다.

그저 본능적으로 위협을 느끼고 모조리 도망쳐 버렸는지도 모른다.

문하생들은 개미들을 썩 기분좋은 눈으로 바라보지는 않는 눈치였지만 나는 그다지 불편을 느끼지 않고 동고동락을 같이 했었다.

먼지 만한 자식들이 독성은 강해서 어쩌다 한번 깨물리기만 하면 통증이 대단했다.

그래도 나는 녀석들을 멸살시킬 생각은 하지 않았다.

집필실은 내 개인소유지만 지구는 내 개인소유가 아니다.

그리고 집필실은 지구에 예속되어 있다.

개미들도 지구를 공유할 권리가 있다.

다소 불편한 관계쯤은 서로 감내하면서 살아가야 한다.

178

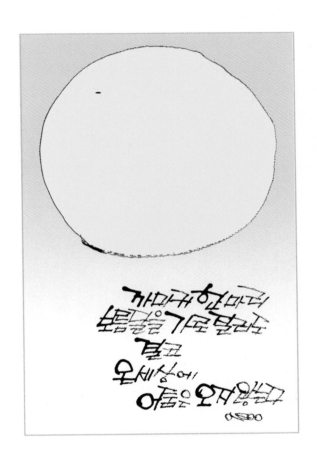

그런데 식충식물을 들여놓았다고

자식들이 인사 한 마디 없이 떼거지로 사라져버리다니 몹시 서운하다.

고백컨대 절대로 늬들을 쫓아낼 심산은 아니었다.

믿어주기 바란다.

어디에 주거지를 정했는지 먹을 것들은 풍족한지 궁금하고 걱정스럽지만 모쪼록 떼거지들 모두 즐겁고 행복한 나날들이 되기를 빈다.

예전의 나 같은 인간들이 많은 세상에서

세자르 프랑크는 평생에 단 한 편의 교향곡만을 남긴 음악가다.

오늘날 일부 클래식 애호가들은 하이든의 104편의 교향곡 전부를 세
자르 프랑크의 디마이너 교향곡 한 편과 바꿀 수 없다는 말을 서슴지 않
는다. 세자르 프랑크는 2년여의 시간을 투자해서 디마이너 교향곡을 완
성시켰다고 전해진다. 그의 나이 66세가 되던 해였다.

내가 세자르 프랑크를 만난 것은 30대 초반이었다.

당시 나는 클래식 음악다방에서 마구잡이로 빈대떡을 구우면서 구차
한 목숨을 연명하는 처지였지만, 세자르 프랑크라는 이름은 매우 생경한
입장이었다. 당시로서는 신청곡 목록에 세자르 프랑크를 기입하는 사람
들이 거의 전무한 실정이었다.

내 청각신경은 자신도 모르는 사이 일반 사람들의 신청곡에 잘 길들
여져 있었다. 단도직입적으로 말하자면 나는 신청곡 목록에 자주 등재되
는 음악들 외에는 귓구멍이 꽉 막혀 있는 상태였다. 따라서 디마이너 교
향곡에 대해서는 아무런 매력을 느낄 수가 없었다. 오히려 극심한 고통
에 시달렸다는 표현이 한결 솔직한 고백일 것이다.

물론 몇 번을 거듭해서 들은 다음에야 나는 비로소 세자르 프랑크가
펼쳐 보이는 암청색 소리의 바다 속으로 들어갈 수가 있었다. 그 속에 존
재하는 모든 것들이 신의 음성을 간직하고 있었다.

빌어먹을.

생각만 해도 소름이 끼치는 일이었다.

세자르 프랑크의 바다는 상상을 초월하는 수심을 간직하고 있었다. 그것은 다른 음악으로 길들여진 선입관을 산소통처럼 짊어진 상태로는 도저히 바닥에 도달할 수 없는 깊이였다. 나는 비로소 자신의 음악에 대한 그동안의 무지를 깨닫고 얼굴을 땅 속에 파묻어버리고 싶은 충동에 사로잡혔다.

세자르 프랑크가 디마이너 교향곡을 발표했을 때 수많은 사람들이 비난의 화살을 퍼부었다고 한다. 그러나 세자르 프랑크는 자신의 음악에 대한 신념을 결코 굽히지 않았다고 한다.

나는 지금도 자신의 안목을 철저하게 확신하는 사람들이 어떤 예술가의 작품에 무지막지하게 손찌검을 가하는 장면과 마주치면 예전의 무지몽매했던 나를 다시 만나는 것 같아 소름이 끼친다.

하지만 어이없는 경우를 당해 말문이 막혀버렸을 때 속담이란 얼마나 많은 위안을 주는가.

요새는 무식한 귀신이 부적을 몰라본다는 속담이 수시로 예사롭지 않게 여겨진다.

선무당

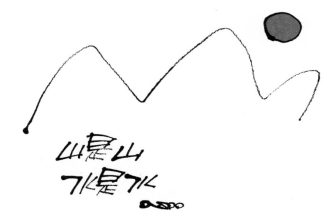

예술분야에서 이따금 창작보다 평론에 주력하는 인물들이 짧은 식견으로 남의 작품을 난도질하는 장면을 보게 되면 안쓰러운 생각이 든다.

저급한 칼솜씨로 남의 작품에 흠집을 내는 일을 거룩하게 생각하는 정서도 안쓰럽지만 자신의 칼로 자신의 손가락을 잘라버린 줄도 모르는 몽매함에는 기가 질려버린다. 선무당의 가장 치명적인 결함은 영혼의 발육부진에 있다. 저 산 너머 구름은 어디로 가나.

빈손을 위하여

예술이 밥을 먹여주지는 않는다.

그러나 유진규는 예술이 밥을 먹여주지 않는다고 결코 예술을 포기할 사람은 아니다. 그는 예술에 대해 엄청난 열정과 순수를 간직하고 있다. 그가 간직하고 있는 엄청난 열정과 순수가 사람들에게 감동을 유발시킨다. 그는 사람의 내면을 아름답게 만들기 위해 자신을 희생시키는 일을 행복으로 알고 살아가는 사람이다. 그는 밥을 먹기 위해 예술을 하는 사람이 아니다. 명성을 얻기 위해 예술을 하는 사람도 아니다. 그는 공연을 할 때마다 극심한 경제적 궁핍에 시달린다. 공연이 끝나고 나면 언제나 쌀독이 허전해질 지경이다. 그는 사람들이 안개와 낭만과 예술의 도시라고 말하는 춘천에 살고 있다. 그러나 안개와 낭만과 예술의 도시에서도 극심한 경제적 궁핍에 시달리면 참혹해진다. 유진규는 공연을 할 때마다 참혹해지는 사람이다. 그러나 한번도 참혹하다고 말해 본 적이 없다. 마임은 말을 하지 않는 예술이다. 일체의 몸짓들이 언어를 대신한다. 그는 최초로 마임이라는 예술을 대한민국에 전파한 예술가다.

유진규는 얼마 전 건강이 악화되어 수술을 해야 할 위기에까지 봉착해 있었다. 그는 여러 가지 사정으로 수술을 보류하고 지리산으로 들어갔다는 소문이었다. 여러 가지 사정 속에는 분명히 경제적인 사정도 포함되어 있을 것 같았다. 한동안 유진규의 모습은 보이지 않았다. 유진규가 사라져버린 춘천에는 마임이 시들어가고 있었다. 그러나 마임이 시들어가고 있다는 사실에 경악을 금치 못하는 사람은 아무도 없었다. 시장도 무관한 표정이었고 시민도 무관한 표정이었다. 유진규는 상당기간 춘천을 비워두고 있었다. 가끔 텔레비전에서 그가 어느 일간지를 광고하는 모습을 볼 수 있었다. 병원비를 충당하기 위해서 출연했다는 풍문이 나돌고 있었다. 그가 다시 춘천에 나타났을 때는 건강이 확연하게 호전되어 있었다. 지리산에 들어가 어떤 스님 밑에서 요양을 했다는 고백이었다.

밥을 먹여주지 못하는 예술이 정말로 인간에게 필요한 것일까.

가끔 사람들은 몰지각한 질문으로 예술가들을 비애롭게 만든다. 분명히 인간은 살아가기 위해 밥이 필요한 동물이다. 그러나 인간은 결코 밥을 먹기 위해 살아가는 동물은 아니다. 인간은 육체적인 동물이면서 정신적인 동물이다. 육체적인 양식을 필요로 할 때도 있지만 정신적인 양식을 필요로 할 때도 있다. 어느 한쪽이라도 부족할 경우 인간은 건강에 장애를 초래하게 된다. 그러나 육체적 건강을 상실한 사람이 세상을 망가뜨리는 경우보다 정신적 건강을 상실한 사람이 세상을 망가뜨리는 경우가 훨씬 더 많다는 사실을 간과해서는 안 된다. 예술은 분명히 정신적인 양식이다. 유진규는 끊임없이 정신적인 양식을 만들어 세상에 공급해주는 사람이다.

예술은 예술가의 전유물도 아니고 천재들의 전유물도 아니다. 어떤 분야에서든지 최상의 경지에 이르면 예술이라고 표현해도 손색이 없는 아름다움을 공유할 수가 있다. 최상의 경지는 타고난 재능에 의해서 도달할 수도 있고 자신의 노력에 의해서 도달할 수도 있다. 물론 타고난 재능에 의해서 도달하는 자보다는 자신의 노력에 의해서 도달하는 자가 한결 아름답고 위대하다. 유진규는 자신의 노력에 의해서 최상의 경지에 도달한 사람이다. 그는 한동안 고통받는 자들과 슬퍼하는 자들과 번민하는 자들을 마임으로 표현하고 있었다. 의료인이 육신의 아픔을 치료해 주는 존재라면 예술가는 정신의 아픔을 치료해 주는 존재다. 진정한 예술가는 결코 자신을 위해서 예술에 전념하지 않는다. 유진규는 진정한 예술가다. 그는 타인의 아픔을 치료하기 위해 자신의 아픔을 감추고 살아가는 인간이다.

수리재(水里齋)의 황금 물고기

　홍천군 서면 마곡리에 가면 수리재라는 현판이 내걸린 초가집 한 채를 만날 수 있다. 초가집에 현판이 내걸린 사실도 고정관념을 버리지 못하는 세인들의 골팍을 때리는 일이지만 초가집을 이층으로 지었다는 사실은 아예 골팍을 갈아엎어버리는 일이 아닐 수 없다.

　주인은 다정거사(茶丁居士)라고 불리워지는 인물로 나하고는 이십년 전부터 만나기만 하면 세상잡사 제껴두고 이박삼일 한숨도 안 자고 술을 즐기던 막역지우다. 당시 우리는 실오라기 하나 걸치지 않은 에덴 패션으로 술판을 벌이기 일쑤였고 내 아내는 질색을 하면서 두 눈에 반창고를 붙이고 술상을 내오곤 했다. 그때부터 사람들이 농담삼아 수리재라는 현판을 술이죄라고 발음하는 풍조가 생겼다.

　그는 수년 동안 부처님 장삼을 덮고 잠들어본 적도 있고 수년 동안 홍천강 허리를 베고 잠들어본 적도 있다. 한마디로 다정거사는 비산비야(非山非野) 비승비속(非僧非俗)의 인물이다.

　그는 왕터산 자락에서 단소를 불고 있으면 신선이 되고 홍천강 자락에서 감자를 심고 있으면 농부가 되는 변신술을 가지고 있다. 다재다능하고 박학다식해서 어떤 분야에서도 걸림이 없다.

　특히 그는 예술을 사랑하고 자연을 사랑하고 성현을 사랑하고 서민을 사랑하는 성품을 가진 인물이다. 그래서 수리재는 철마다 각양각색의 군

상들로 문전성시를 이루고 있다. 수리재에 가면 그가 그린 그림도 무궁무진이요 그가 찍은 사진도 무궁무진이요 그가 수집한 애장품도 무궁무진이다. 운이 좋으면 선녀 같은 여자들이 밤새도록 가야금을 타는 소리도 들을 수가 있고 운이 나쁘면 이외수 같은 시정잡배가 밤새도록 구라발을 풀어놓는 소리도 들을 수가 있다.

그러나 아무래도 다정거사는 예측불허의 인물이다.

때로는 양자강 부근에서 불쑥 전화를 걸기도 하고 때로는 수미산 부근에서 불쑥 엽서를 보내기도 한다.

『티베트의 신비와 명상』은 티베트의 정신과 역사와 인간과 자연을 가장 상세하고 명쾌하게 보여주는 종이거울이다. 책장을 넘길 때마다 정신이 맑아지는 느낌을 받는다. 그가 직접 제작한 지도와 판화도 수록되어 있고 그가 직접 촬영한 자연과 인간도 수록되어 있다. 토굴에 들어앉아 묵언참선 십 년을 하느니 이 책을 구해서 열 시간만 탐독해 보라는 말을 전하고 싶다.

수리재 다정거사.

그는 요즘 자기집 초가지붕에 둥근 연못 하나를 파놓고 티베트 마나사로바 호수에서 훔쳐온 황금 물고기 한 마리를 키우고 있다. 홍천강에서 피어오른 안개가 모든 길을 지우면 그 황금 물고기가 하늘을 유유히

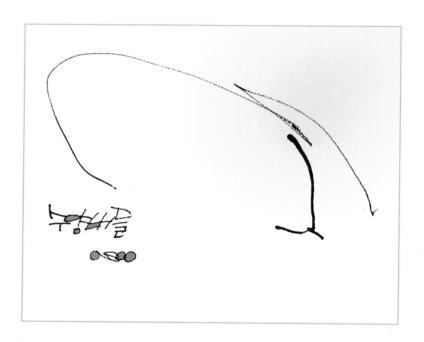

헤엄쳐 다니는데 그때는 세상이 온통 황금빛으로 물들게 된다. 그대여.
어찌 사람의 가슴인들 황금빛으로 물들지 않으랴.

　이쯤에서 내 구라발이 터무니없다고 생각하시는 분이 계신다면 코미
디언 이주일 버전으로 답변해 드리고 싶다. 일단 한번 가보시라니깐요.

피투성이

　과학자들의 연구결과에 의하면 예술가들이 작품에 전념할 때 소모되는 정신적 육체적 에너지가 마라톤 선수들이 풀코스를 완주할 때 소모되는 정신적 육체적 에너지의 여섯 배나 된다는 글을 읽은 기억이 있다.

　어떤 이가 힘든 예술은 예술이 동정심에 의지하고 있음을 의미한다는 이론을 전제하고 그런 예술은 노동으로 전락됨을 의미할 뿐만 아니라 노동을 욕되게 한다는 전대미문의 견해를 피력하면서 동정받을 가치조차 없다는 혹평을 서슴지 않았다.

　그러나 진실로 예술이 기대하는 바는 동정이 아니라 감동이다.

　아무래도 그분은 노동자들에게 무자비한 폭력을 휘두르는 경찰들의 잔혹성에 격분해 있었는지도 모른다. 그래서 지나치게 감정이 비약해 버렸는지도 모른다.

　그러나 왜 하필이면 예술이 노동의 적으로 지목되었을까.

　과연 쉬운 예술이 인간 세상에 존재할 수 있는지 물어보고 싶다. 있다면 아마도 그것은 예술을 가장한 기술일 것이다.

물론 진정성만 내포되어 있다면 노동은 아름답다.

역시 진정성만 내포되어 있다면 예술도 아름답다.

그리고 진실로 아름다운 것들은 결코 다른 아름다운 것들을 욕되게 하지 않는다.

그러나 어째서 인간들은 예술의 진정성과 기술의 기만성도 구분하지 못하는 안목으로 수시로 예술에게 무지막지한 돌들을 던지고 있는 것일까. 왜 한국에서는 노동을 하는 사람도 예술을 하는 사람도 피투성이로 살아가야 하는 것일까.

비포장도로에서

참으로 거칠고 먼 길을 홀로 걸어와
옷자락을 스치는 그대여.
내 몸은 비록 늙고 병들어 기력 없으되
아직 날밤은 새울 수가 있나니
오늘 같은 날에는
그대와 비포장도로에 같이 퍼대고 앉아
흐르는 달이나 곁눈으로 쳐다보면서
밤새도록 문학과 인생을 음미하고 싶소이다.

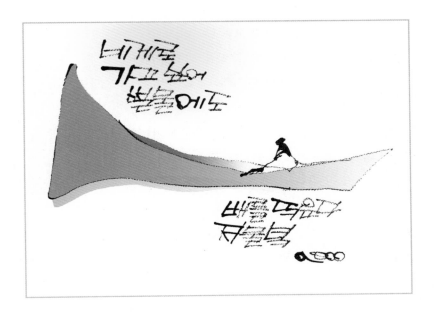

걱정도 팔자

미래를 알고 싶으면 현재를 보면 됩니다.
현재는 미래를 미리 예측할 수 있는 밑그림이지요.
여러분의 미래가 항시 아름다운 색채로 펼쳐지기를 소망합니다.

하늘을 향해 한 점 부끄럼 없기를 잎새에 이는 바람에도 괴로워하는 사람이 대한민국에 이제 몇 명이나 살고 있을까요.

고대 문명이 발달했던 지역이 모두 황량한 사막으로 변해버린 까닭을 알고 계시는지요. 인간의 정서가 메마르면 자연의 정서도 메마르기 마련입니다. 물질문명은 발달했는데 정신문명이 퇴보했다면 나라든 개인이든 종말이 오기 마련입니다.

밥은 날마다 일용하지 않으면 목숨이 위태로워지는 육신의 양식이지만 책은 날마다 일용하지 않아도 목숨이 위태로워질 정도는 아닙니다.

단지 영혼이 위태로워질 뿐이지요. 하지만 영혼의 존재조차도 인식하지 못하는 인간들이 허다합니다.

모른다는 사실조차 모르는 사람들이
모르고 있는 공통점

신춘문예 응모작이 엄청나게 증가했다는 보도가 있었다. 특히 소설은 그 분량이 엄청나서 사다리까지 동원해 정리를 해야 할 지경이었다는 것이다.

실직자가 많이 늘어났기 때문이라는 분석을 하는 담당자들도 있었다. 직장도 그만두고 할 일도 없어졌으니 소설이나 써볼까 하는 심리적 현상 때문이라는 추론이었다.

그렇다면 나는 남들이 할 일이 없을 때나 여기로 써보는 소설에 한평생 목을 매고 있었단 말인가. 비애감 때문에 잠이 오지 않을 지경이었다.

여기라는 단어는 국어사전에 전문적이 아니고 취미로 하는 재주나 일이라고 풀이되어 있다.

문학을 여기로 생각하는 사람들은 아무리 피눈물 나게 쓰여진 소설이라도 대수롭지 않은 기분으로 읽을 것임이 분명하다.

때로는 자신이 모른다는 사실조차도 모르는 사람들을 만난다. 자신이 모른다는 사실조차도 모르는 사람들이 공통적으로 가지고 있는 특성은 부끄러움조차도 모른다는 사실이다. 심지어는 자신의 무지를 무슨 자랑거리처럼 생각하는 경우도 있다. 어떤 분야에서 명성을 얻은 사람들을 논리적으로 깎아내리면 자신이 그 사람보다 위대하게 보일 거라고 생각하는 어리석음도 그들이 소유하고 있는 공통적 특성 중의 하나다.

기술의 범주를 뛰어넘지 않으면 예술의 범주에 들어설 수가 없다. 그런데 아직 기술의 범주에도 들지 못하는 사람들이 예술까지 평가하려 드는 경우를 자주 접하게 된다. 그건 평가라기보다는 모독에 가깝다. 그런 사람들에게서는 겸양의 미덕 따위도 찾아볼 수가 없다.

　천상병 선생님의 시 따위는 자신도 하루에 수십 편씩 쓸 수가 있다고 호언장담하는 잡배들을 만나는 경우도 있다. 그런 잡배들은 자신이 수십 번씩 죽었다 깨어나더라도 천상병 선생님의 투명한 영혼을 흉내낼 수가 없다. 그러나 안타깝게도 당사자는 그 사실을 자각하지 못한다.

　예술에 대한 모독은 인간에 대한 모독이다. 예술은 인간이 영혼으로 창조해 낼 수 있는 가장 위대한 지상의 산물이기 때문이다.

하나님전상서

　사랑이 충만하신 하나님.

　저는 하나님의 피조물 중에서 거의 불량품에 가까운 수준에 머물러 있는 영혼의 낙오자입니다. 고백하자면 개체적인 욕망을 완전히 탈피하고 오로지 우주의 질서에 자신을 내맡긴 채 여유자적하면서 살아가는 바이러스나 박테리아만도 못한 존재입니다. 제 서식지는 대한민국 강원도 춘천시 교동이지요. 통념적으로는 소설가로 분류되고 있지만 현실적으로는 원고지 기생충에 불과합니다. 예술을 한답시고 날마다 불면으로 밤을 지새워보지만 결과는 언제나 신통치 않습니다. 지독한 절망과 고독이 일용할 양식의 전부입니다. 제 인생을 고도리에 비유하자면 피박과 광박의 연속이지요. 일찍이 천재 과학자로 널리 알려져 있는 아인슈타인은 예술가는 하나님 다음가는 창조자라고 말한 바가 있지만 무지몽매한 제가 생각하기에도 그건 분명히 망언이었습니다. 저토록 완전무결하고 광대무변한 아름다움을 창조하신 당신의 능력에는 어떤 존재도 비견될 수가 없겠지요. 저는 사랑을 우주의 절대적인 요소라고 가르치시는 당신을 진심으로 숭배합니다.

　그러나 저는 아직 영혼이 성숙되지 않은 미물입니다. 그래서 때로는 당신이 공평하다는 사실에 자주 의심을 품게 됩니다. 한평생 당신의 가르침을 따르면서 선량하고 성실하게 살아가는 사람들은 입에 풀칠조차

하기 힘들고 수시로 당신의 가르침을 어기고 간악하고 교활하게 살아가는 사람들은 부귀영화를 누리는 상황을 목격하게 되면 더욱 그 의심이 배가됩니다. 이따금 고위공직자들의 비리가 들통이 나서 청문회라도 열리게 되면 비리의 주인공들은 당신의 말씀이 기록되어 있는 성경에 손을 얹고 진실만을 말하겠다는 선서를 일삼습니다. 그러나 그들에게는 진실이라는 단어와 오리발이라는 단어가 이음동의어로 쓰여집니다. 서민들에게는 그들의 선서가 어떤 일이 있어도 오리발만을 내밀 것을 하나님께 맹세한다는 의미로 해석되어 집니다. 그때마다 당신의 존재여부까지 의심스러울 지경입니다.

하지만 당신은 우리들의 영혼을 구제하기 위해서 끊임없이 선지자들을 지상으로 내려보내주셨습니다. 심지어는 당신의 독생자이신 예수 그리스도까지 지상으로 내려보내주셨지요. 그러나 인류는 구제불능이었습니다. 예수 그리스도가 사랑과 용서를 가르치다 십자가에 못 박혀 돌아가신 지 이천 년이 지났는데도 지상에는 여전히 시기와 질투와 폭력과 증오와 오리발들이 난무하고 있습니다. 여기서 저는 펄시 콜레 박사가 쓴 신앙고백서의 한 부분을 떠올리게 됩니다. 그는 신앙심이 돈독한 기독교 집안에서 태어났지요. 어릴 때부터 천국을 구경시켜 달라고 날마다 하나님께 기도를 드렸다고 합니다. 감동을 받으신 하나님께서 어느 날

그를 천국으로 초대해 주셨다지요.

그러나 아직 하나님을 친견할 정도로 영혼이 성숙된 상태가 아니어서 예수님이 거하시는 나라만 구경할 수가 있었다고 합니다. 천국에도 하늘이 있고 천국에도 사람이 있고 천국에도 논밭이 있다지요. 펄시 콜레 박사가 예수님의 인도로 천국을 구경하던 중에 갑자기 하늘에서 아름다운 종소리가 울려 퍼졌다고 합니다. 그때 모든 사람들이 일손을 놓고 경배를 하는 광경을 보았다고 합니다. 지상에서 단 한 사람이라도 구원을 받으면 천국의 하늘에 아름다운 종소리가 울려 퍼지고 모든 사람들이 경배를 드린다지요. 그 부분을 읽으면서 저는 울었습니다. 저는 천국에서 펄시 콜레 박사와 예수님이 나누었다는 대화 한 토막을 아직도 기억하고 있습니다.

"지상에는 수많은 종파가 있는데 하나님께서는 어떻게 생각하시는지요."

"저도 그 점이 궁금해서 하나님께 여쭈어본 적이 있습니다."

"뭐라고 말씀하시던가요."

"두어라. 각기 자신의 모습대로 나를 향해 오고 있느니라. 라고 말씀하셨습니다."

정말로 하나님다우신 대답이라는 생각이 들었습니다.

사랑이 충만하신 하나님. 날마다 당신이 만들어주신 태양이 지상의 하늘에도 찬란하게 떠오르고 있습니다. 물론 흐린 날은 보이지 않지만 보이지 않는다고 사라진 것은 아니지요. 당신은 누구에게든 공평하게 날마다 스물네 시간씩을 지급해 주셨습니다. 그 사실만은 몇만 년 전에도 변함이 없었고 몇만 년 후에도 변함이 없겠지요.

새삼스럽게도 인간들은 새로 천 년을 지급 받았다고 축제 분위기에 들떠 있습니다. 하지만 누가 천 년을 다 살 수가 있단 말입니까. 저는 당신이 날마다 제게 지급해 주시는 스물네 시간을 최대한 아름답게 쓰도록 노력하면서 살겠습니다. 펄시 콜레 박사처럼 천국을 구경하기를 소망하지는 않겠습니다. 그러나 한 가지만은 간절히 기도하고 싶어집니다. 지금 지상에 존재하고 있는 인간들은 아담과 이브가 사탄의 유혹에 넘어가 하나님의 말씀을 거역하고 따먹었다는 열매를 만져본 적도 없고 먹어본 적도 없습니다. 전지전능하신 하나님께서도 아시겠지만 절대로 청문회 버전이 아닙니다. 정말로 조상이 따먹었다는 열매 하나 때문에 수만 년 동안 그 자손들이 연대책임을 져야 한다면 너무 억울한 일이라는 생각이 듭니다. 독생자 예수 그리스도를 통해 일곱 번씩 일흔 번이라도 용서하라고 가르치신 하나님. 부디 우리가 그 열매를 속성재배해서 하루라도 빨리 에덴 동산에 반납할 수 있는 방법을 가르쳐주시기를 간절히 소망합니다.

204

내가 너를 향해 흔들리는 순간

초판 1쇄 2003년 7월 1일
초판 17쇄 2007년 10월 5일
개정판 1쇄 2008년 4월 20일
개정판 10쇄 2014년 4월 10일

지은이 | 이외수
펴낸이 | 송영석

책임편집 | 이진숙
기획편집 | 이혜진 · 차재호 · 이현정
외서기획 | 박수진
디자인 | 박윤정 · 박새로미
표지디자인 | (주) 끄레 어소시에이츠
마케팅 | 이종우 · 한명회 · 김유종
관리 | 송우석 · 황규성 · 김지희 · 황지현

펴낸곳 | (株)해냄출판사
등록번호 | 제10-229호
등록일자 | 1988년 5월 11일

서울시 마포구 잔다리로 30(서교동 368-4) 해냄빌딩 5 · 6층
대표전화 | 326-1600 **팩스** | 326-1624
홈페이지 | www.hainaim.com

ISBN 978-89-7337-962-0